Leiche sucht Autor

Petra Nacke (Hrsg.)

ars vivendi

Originalausgabe

Erste Auflage Oktober 2013
© 2013 by ars vivendi verlag
GmbH & Co. KG, Cadolzburg
Alle Rechte vorbehalten
www.arsvivendi.com

Lektorat: Stefan Imhof
Korrektorat: Margit Schwab, Eva Wagner
Satz: ars vivendi verlag
Umschlaggestaltung: Caroline Orth
Druck: CPI Ebner & Spiegel, Ulm

Printed in Germany

ISBN 978-3-86913-275-4

Inhalt

Wie es zu diesem Buch kam

Die Idee zu *Leiche sucht Autor* entstand durch einen Zufall. Ein Kollege hatte in einer Kurzkrimianthologie einen authentischen Fall als Vorlage verwendet, den ich für dieselbe Antho um ein Haar auch bearbeitet hätte. Krimiautoren sind ständig auf der Suche nach Stoff, und ganz offensichtlich waren wir beide zwecks Inspiration in derselben gerichtsmedizinischen Quelle auf »Raubzug« gegangen. Zunächst war ich erleichtert, einen anderen Stoff gewählt zu haben. Dann aber machte es »klick«: Warum eigentlich nicht den Zufall zur Regel machen? Warum nicht schauen, was passiert, wenn sich ein kleiner, feiner Autorenkreis ein und demselben Fall widmet, wenn jeder seine Geschichte von einer feststehenden Ausgangssituation her entwickelt? Glücklicherweise ließ sich der Verlag auf die Idee ein. Das Ergebnis war überwältigend. Zwar hatte ich darauf gesetzt, trotz der relativ eng skizzierten Vorgabe vollkommen unterschiedliche Geschichten zu erhalten – den ungeheuren Ideenreichtum meiner Kollegen hatte ich dennoch unterschätzt. Und so ist *Leiche sucht Autor* nicht nur eine spannende Kurzkrimisammlung, sondern gleichzeitig ein Beispiel für die Macht der Fantasie geworden. Danke an alle, die sich an diesem Experiment beteiligt haben.

Petra Nacke, Herausgeberin

Ausgangssituation

In einer verlassenen Fabriketage hängt die Leiche eines international bekannten Künstlers von der Decke. Auf einem Tisch steht ein Laptop, davor eine Videokamera. Ansonsten ist der Raum so gut wie leer.

Die Polizei wurde von einem anonymen Anrufer alarmiert. Bis die Einsatzkräfte jedoch vor Ort sind, vergehen Tage – ein Umstand, der deshalb noch schwerer wiegt, weil der Tote ein Schild mit der Ziffer »1« um den Hals trägt.

Friedrich Ani
Wie schön war doch die Kinderzeit

Wir kamen alle drei aus demselben Dorf. Bichl. Kennt niemand, aber wir wuchsen da auf und stellten Dinge an. Es waren die Sechzigerjahre, irgendwo wurden eine Mauer gebaut, ein Präsident erschossen, ein Krieg geführt, noch jemand erschossen, eine neue Musik erfunden, die Welt auf den Kopf gestellt, und in Bichl kippte ein Sack Kartoffeln um.

Clausi und ich waren nicht dran schuld. Obwohl wir dem Kartoffelbauern Riedmüller, sooft es ging, das Leben zur Hölle machten, meist, indem wir seine Schweine oder seinen Schäferhund quälten, der, wie Riedmüller immer behauptet hatte, aus der direkten Linie von Hitlers Blondi stammte. Auf so etwas war der Typ stolz. Und als sein Köter eines Morgens, schon fast vollständig ausgeblutet, am Maibaum baumelte, wünschte er den Tätern ein KZ an den Hals.

Niemand regte sich über den alten Riedmüller auf, er war und blieb ein Nazi, und das war in einem bayerischen Dorf ungefähr so selten wie ein Kuhfladen. Zigeuner und Neger – damals, in der ehrlichen Zeit, hießen sie noch so – galten als die wahren Dreckskerle, und der alte Bencke, Clausis Vater, duldete keinen von denen auf einer Gemeindewiese. Manchmal tauchten ein heruntergekommener Zirkus auf oder umherziehende Gaukler, unter ihnen oft schwarze Männer und Frauen – kein schöner Anblick für Hauptwachtmeister Bencke.

Keine Ahnung, ob er Hauptwachtmeister war oder Hauptkommissar oder Oberinspektor, er trug eine

Uniform, das genügte. Er und seine vier Kollegen hausten in der Polizeiinspektion direkt neben dem Feuerwehrhaus. Am Wochenende führten sie Fahrzeugkontrollen durch, weil sie wussten, dass ab Freitagmittag jeder nur noch besoffen unterwegs war. Die Polizisten fanden ihr Auftreten irgendwie angemessen und faselten was von Respekt und dass man der Jugend beibringen müsse, sich im Straßenverkehr korrekt zu verhalten. So Zeug. Clausi schämte sich für seinen Vater und wurde deshalb von ihm regelmäßig verdroschen.

Das war normal. Väter verdroschen ihre Söhne, und ihre Töchter und Frauen genauso. Im Dorf war immer was geboten. Als Clausi sich in Silvia verliebte, brannte wochenlang die Hütte. Im übertragenen Sinn, denn die Zeiten unseres Feuerteufels waren vorbei. Dieser Kerl hatte sich ein Jahr lang in der Gegend herumgetrieben und mehrere Bauernhäuser und Lokale abgefackelt. Warum er das getan hatte, blieb ewig im Dunkeln. Der alte Bencke erwischte ihn bei einer Verkehrskontrolle, er sah die Benzinkanister im Kofferraum des verrosteten Volvo und stellte den Mann, einen dreiundzwanzigjährigen Sohn eines italienischen Gastarbeiters und einer griechischen Gastarbeiterin, zur Rede. Der Kerl legte an Ort und Stelle ein Geständnis ab, dann sagte Bencke zur Verblüffung seines Kollegen Herbert, er solle abhauen. Der Kerl drehte sich um und rannte los, woraufhin Bencke ihn von hinten erschoss. Angeblich pulte der Gerichtsmediziner drei Kugeln aus seinem Leib. Herbert war der einzige Zeuge und behauptete, der Kerl habe echt flüchten wollen, sodass sein Vorgesetzter gezwungen war zu handeln. Ob die Sache sich wirklich so abgespielt hatte, wusste niemand. Nicht mal Benckes eigener Sohn

glaubte die Version, aber das war egal. Der Gastarbeiter-
bastard wurde in München beerdigt, wo seine Eltern lebten und wahrscheinlich dunkle Tränen heulten.

Zu der Zeit, als Clausi sich in Silvia verschaute, war
sie noch mit Pit zusammen. Pit wohnte gegenüber der
Gaststätte von Silvias Eltern und war schon mit dreizehn so was wie ein Künstler. Er bemalte Holzbretter,
manchmal klebte er auch Federn und Papier drauf und
sprühte eine Farbe drüber. Die Mädchen schmolzen nur
so dahin. Mit seinen langen braunen Haaren und seinen
unfassbar riesigen Augen sah Pit von Haus aus irgendwie kreativ aus. Jedenfalls für Leute auf dem Land und
in einem Dorf wie Bichl, wo die Gesamtkultur aus dem
alljährlichen Auftritt der »Oberbichler« bestand, einer
Theatergruppe aus Vollpfosten, die in der Heimatbühne
bayerische Stücke aufführte, die so originell waren wie
ein Furz.

Und obwohl ich nichts von Kunst verstand, weder von
Bildern noch von Musik oder Büchern, und mich aus-
schließlich für nichts interessierte, war Pit mein bester
Freund. Ich kannte ihn seit meinem dritten Lebensjahr.
Seine Mutter war Volksschullehrerin, sein Vater Apo-
theker in der Kreisstadt, wahnsinnig entspannte Leute,
deren Wohnung immer aufgeräumt war und nach
Früchten duftete. Und Pit war zwar so was wie ein Talent-
bolzen, aber überhaupt nicht aufgebläht oder angebe-
risch. Zumindest glaubte ich das damals, und vielleicht
stimmte es zu der Zeit auch.

Er und Silvia trafen sich jeden Abend am See, manchmal hockte ich auch dabei, solange, bis ich den Eindruck
hatte, er wollte jetzt mal loslegen. Dann machte ich mich
auf den Weg zum *Koglwirt*, dem Gasthaus von Silvias

Eltern, und trank zwei bis drei Helle. Ich war dreizehn, Pit vierzehn und Silvia siebzehn. Wahrscheinlich hatte sie mehr Erfahrung als wir alle zusammen, einschließlich Clausi, der sechzehn war.

Clausis Interesse an Silvia war vor allem sportlicher Natur, er wollte sie kriegen und besitzen, bis er alles wusste, und dann seine Erfahrungen an andere Mädchen weitergeben. Der natürliche Lauf der Dinge. Und er brauchte nicht lange zu sägen. Silvia und Pit waren schon fast ein halbes Jahr zusammen, eine Ewigkeit, und Clausi war ein großer, kerniger Typ, dem die Mädchen praktisch nachliefen. Silvia entflammte für ihn, also verließ sie Pit, und der war am Ende. Er fing an, Schnaps zu saufen und in besoffenem Zustand die Fenster des *Koglwirts* einzuschlagen. Kam der alte Bencke, schleppte er Pit auf die Dienststelle und sperrte ihn in die Zelle, die sie für Notfälle extra eingebaut hatten.

Pits Eltern bezahlten den Schaden und entschuldigten sich bei Silvias Eltern. Die waren nicht glücklich über die neue Beziehung ihrer Tochter, sie meinten, Pit hätte einen besseren Einfluss auf Silvia und er wäre nicht so ein vierschrötiger Bauernjunge wie der Clausi.

Ich fand, sie hatten recht, aber Silvia verspürte wohl gerade das unstillbare Verlangen nach etwas Vierschrötigem, und so blieb Clausi etwa vier Monate an ihrer Seite. Dann schlief sie noch einmal mit Pit und dann einmal mit mir.

»Hat's dir nicht gefallen, Tschollner?«, fragte sie hinterher. Wir lagen in einem Heuschober auf einer der riesigen Riedmüller-Wiesen am Rand des Dorfes.

»Doch«, sagte ich und entheute meine Haare.

»Weil du so komisch schaust.«

»Hat mir gut gefallen.« Ich war mir nicht ganz sicher, was sie alles mit mir angestellt hatte, ich hatte einfach die Augen geschlossen und mich ihr hingegeben. Doch ich fühlte mich erleichtert und stark.

»War das erste Mal für dich, oder?«

»Ja«, sagte ich.

»Hast du gut gemacht.« Sie lächelte und drückte mir einen Kuss auf die Wange. »Hör mal, Tschollner, dein Freund Pit hat sich zu einem ganz schönen Arschloch entwickelt. Er macht mit drei Mädchen parallel rum, und ich hab gehört, dass die Mutter von der Manuela auch was mit ihm haben soll. Stell dir das vor. Die ist doch uralt.«

Von der Sache hatte ich auch schon gehört, und ich weigerte mich, sie zu glauben. Gleichzeitig war ich mir fast sicher, dass sie stimmte.

»Was sagst du dazu, Tschollner?«

Tschollner war mein Spitzname, niemand sagte meinen richtigen Namen, nicht einmal meine Mutter. Wo der Name herkam, hatte ich vergessen, ich war schon im Kindergarten so genannt worden.

»Das ist alles Blödsinn«, sagte ich. »Pit ist mein Freund.«

»Schon klar.«

Ich wollte nicht darüber reden. »Wie ist es in der Stadt?«, fragte ich stattdessen. »Wo wohnst du da?«

Vor drei Monaten hatte Silvia Abitur gemacht. Am nächsten Tag war sie nach München gezogen, wo sie Betriebswirtschaft studieren und eine Hotelfachschule besuchen wollte. »Bei einer Freundin. Aber ich such mir bald eine richtig große Wohnung, und dann machen wir eine WG, du, ich, der Clausi und Pit.«

»Wieso denn?«

»Weil wir alle aus demselben Dorf kommen. Und damit wir in der Stadt nicht verloren gehen.«

»So eine blöde Idee.«

Ein Jahr später zog Claus nach München, weitere zwei Jahre später Pit und ich. Wir wohnten in einer Fünfzimmerwohnung am Habsburgerplatz, und außer Silvia ging niemand von uns auf die Uni.

Pit arbeitete als Zeichner für eine Werbeagentur, bewarb sich nebenher an der Kunstakademie und malte wie ein Besessener ein Gemälde nach dem anderen. Claus hatte sich für die Polizeifachhochschule entschieden und strebte eine Zukunft als Hauptkommissar in der Mordkommission an. Und ich hatte – wie mein Vater, bevor meine Mutter ihn erhängt im Schuppen fand – im Baumarkt einen Job als Gabelstaplerfahrer. In meiner Freizeit erledigte ich Auftragsarbeiten für Rottmann, den Besitzer eines Nachtclubs im Norden der Stadt. Ich hatte ihn bei meinem ersten Besuch in dem Club kennengelernt, wir kamen ins Gespräch, und als ich ihm eine Woche später einen albanischen Konkurrenten vom Hals schaffte, fasste er Vertrauen und stellte mich quasi an. Er bezahlte mich monatlich, und ich konnte mir die Arbeitszeit so einteilen, dass sie nicht mit meinen Pflichten im Baumarkt kollidierte. Angenehm und praktisch.

Über eine Galerie in Schwabing verkaufte Pit inzwischen seine ersten Bilder, auch bemalte und beklebte er Holzarbeiten und was er sonst noch so bastelte. Claus schaffte allen Ernstes die Prüfung in den gehobenen Dienst und fing bei der Kripo an. Auch bei Silvia lief alles reibungslos, abgesehen von ihren Beziehungen, die jeweils nach spätestens acht Monaten scheiterten. Dann tröstete sie sich mit Pit, aber der verarschte sie fundamental, besonders seit er fast eine Berühmtheit geworden war, regelmäßig zu Ausstellungen in England und Frankreich eingeladen wurde und Verhältnisse mit etwa vier Frauen gleichzeitig unterhielt. Außerdem besuchte er regelmäßig das *Mietzy*, jenen Nachtclub, dessen Besitzer Rottmann hieß. Ich wusste immer, wann er dort aufschlug, meist mit zwei oder drei Freunden, ebenfalls Malern, die offensichtlich einen Haufen Geld besaßen und die Mädchen wie Billigware behandelten. Gelegentlich artete das Benehmen von Pit und seinen Kumpanen aus, dann warf Rottmann sie auf die Straße. Aber sie kamen wieder, entschuldigten sich, schmissen mit Geld um sich und forderten von den Mädchen, dass diese sich schlagen oder sonst wie traktieren ließen.

Eines der Mädchen, Gely, verliebte sich tatsächlich in den gut aussehenden, selbstbewussten, erfolgreichen Pit, und er tat so, als hätte er sich in sie verliebt. In unserer Wohnung prahlte er mit ihr und machte sich über ihre Naivität lustig.

»Die ist eine Nutte«, sagte er, »und glaubt echt, dass ich mich in so eine Schlampe verlieb. Die nehm ich noch ein paar Mal her, und dann kommt die auf den Müll, ist ja ekelhaft, wie die mich anmacht. Als Nutte, verstehst du? Dieser Laden ist so lausig, aber ich mag ihn, er ist nicht so teuer, und die Nutten stellen keine Ansprüche. Bis auf die Gely, die will jetzt Liebe. Arme Sau.«

Natürlich hatte er keine Ahnung, dass ich den Laden gut kannte, und auch Rottmann wusste nichts von Pits und meiner Vergangenheit. Einen Monat, nachdem Pit sich in unserer Wohnung über Gely ausgelassen hatte, wurde die Leiche der jungen Frau auf einem

Autobahnparkplatz nicht weit entfernt vom *Mietzy* gefunden. Der Mörder hatte sie erstochen. Der frischgebackene Hauptkommissar Claus Bencke gehörte zum Ermittlerteam und befragte sämtliche Mitarbeiter des Clubs. Von Täter und Tatwaffe fehlte jede Spur. Die Rekonstruktion der letzten Stunden in Gelys Leben erwies sich als äußerst schwierig, da sie an diesem Tag frei gehabt und sich mit keiner Freundin getroffen hatte. »Möglicherweise hat einer ihrer Freier sie umgebracht«, meinte Claus, als wir einige Tage später gemeinsam ein Bier am Küchentisch tranken.

Silvia war mittlerweile ausgezogen. Pit war eh dauernd unterwegs und Claus fast Tag und Nacht im Dienst, sodass ich viel Platz für mich allein hatte, zumal ich nur noch drei Tage in der Woche im Baumarkt arbeitete, weil ich bei Rottmann wesentlich mehr Geld verdiente.

»Wir haben eine Menge Spuren in ihrem Auto gesichert«, sagte Claus. »Leider können wir keine einzige zuordnen, der Täter ist nicht registriert, er hat noch nie eine Straftat begangen.« Im Lauf der Zeit hatte mir Claus viel über die modernen Fahndungsmethoden und die Arbeitsweise der Mordkommission erzählt, über Tatortanalysen und Vernehmungstechniken, und ich hatte immer gern zugehört. Aus dem vierschrötigen Bauernschädel war ein schlaubauchiger Bullenkopf geworden.

Für Rottmann stand fest, wer die arme Gely ermordet hatte, und für mich auch. Ich sagte ihm, er solle sich keine Sorgen machen, wir bräuchten die Polizei nicht.

Da er mir vollkommen vertraute, ließ er mir freie Hand. Auf meinen regelmäßigen Fahrten nach und von Milbertshofen, einem der nördlichsten Stadtteile Münchens, waren mir immer wieder alte Gebäude und

Fabrikhallen aufgefallen, die vermutlich nur aus Kosten-gründen noch nicht abgerissen worden waren. Eine die-ser Hallen hielt ich für den idealen Ort, um eine unge-wöhnliche Ausstellung zu organisieren. Pit erzählte ich, dass ich in der Zeitung einen Bericht über das Gebäude gelesen hätte und die Stadt als Eigentümerin eine vorü-bergehende Nutzungslösung suche, am besten auf dem Gebiet der Kunst.

Pit drehte fast durch vor Begeisterung. Einer seiner Galeristen hatte irgendwo in London ein ähnliches Pro-jekt verwirklicht und Tausende von Besuchern angelockt.

Wir fuhren in meinem Opel hin, um das Objekt zu begutachten. Die ehemalige Maschinenbauhalle bestand aus mehreren Ebenen, war lichtdurchflutet und bot rie-sige Wände zum Bilderaufhängen.

»Sauber, oder?«, sagte ich.

Pit nickte, rauchte sein Zigarillo, sprang herum wie ein durchgeknalltes Kind. Als er mich an sich drückte und mich auf den Mund küsste, zog ich die Paketschnur aus der Tasche, wickelte sie mehrmals um seinen Hals und zog zu. Das anschließende Gezappel erinnerte mich an meinen Vater damals, es hatte mindestens eine Minute gedauert, bis er endlich still gewesen war, und ich ihn in den Schuppen hängen konnte. Meine Mutter, die er mindestens so mies behandelt hatte wie Pit später die Huren, fand die Leiche am nächsten Morgen.

Bis jemand Pits Leiche entdeckte, würden, so vermu-tete ich, mehrere Tage, wenn nicht Wochen vergehen. Ich steckte seinen Kopf in die Schlaufe des Seils, das ich extra mitgebracht hatte, und hängte ihn an einem Balken auf.

Um die fabelhafte bayerische Kriminalpolizei etwas anzuspornen, stellte ich noch einen billigen Laptop, den ich secondhand gekauft hatte, und eine nicht minder bedeutungslose Videokamera auf den wackligen Tisch in der Ecke. Vorher hatte ich mit der Kamera den dahängenden Pit gefilmt. Mein Kommissarsfreund und seine Leute würden sich das Hirn zermartern, was diese Installation zu bedeuten hätte und welche Hinweise auf den Täter sie enthielte.

Und in Erinnerung an seine Anfänge als bildender Künstler hängte ich Pit ein Schild aus Holz um den Hals, auf das ich mit krakeliger Schrift eine rote »1« gemalt hatte. 1 für »Arschloch Nr. 1«.

Perfekt.

Ich saß auf dem Balkon unserer Wohnung am Habsburgerplatz und dachte an die schöne Kinderzeit im Dorf und daran, dass unsere Eltern uns alle mit so großen Hoffnungen aufs Gymnasium geschickt hatten. Und beim nächsten Bier überlegte ich mir, wie ich das frei gewordene Zimmer einrichten sollte, das selbstverständlich mir zustand, und nicht diesem Ersatz-Columbo Clausi.

Veit Bronnenmeyer
Königsblau N° 1

Die ersten 48 Stunden nach einer Straftat sind die wertvollsten. Ein Großteil aller Kapitaldelikte kann aufgrund von entscheidenden Hinweisen oder Fahndungserfolgen aufgeklärt werden, die in dieser Zeit den Ermittlern bekannt werden oder gelingen. So machen es die Profis, die Cracks, die Gewinnertypen. Dieser Fall hier ist aber in einer Gegend angesiedelt, die schon lange nicht mehr zu den Gewinnern gehört. Es spielt keine große Rolle, welche statistische Verteilung man sich ansieht, und es ist sogar egal, ob es sich bei der Darstellung um eine Karte Bayerns oder der gesamten Bundesrepublik handelt: Sie können mit Sicherheit davon ausgehen, dass diese Gegend immer dunkel ist. Dunkelblau oder dunkelrot, je nachdem, was gerade das negative Ende der Farbskala ist. Seien es Arbeitslosenzahlen, Wanderungsverluste, Altersstruktur oder Selbstmorde – hier ist es immer schlimm, und man möchte keinem jungen Menschen, keinem Asylbewerber, ja nicht einmal einem tschechischen Wolf zumuten, größere Teile seines Lebens hier verbringen zu müssen. Zwar war das nicht immer so, aber wir wollen uns nicht zu weit vom primären Gegenstand dieser Geschichte entfernen. Es sollte nur verdeutlicht werden, wie es kommen konnte, dass eine Leiche, noch dazu die eines für hiesige Verhältnisse sehr bekannten Künstlers, für relativ lange Zeit unentdeckt an der Decke einer längst aufgegebenen Porzellanfabrik baumelte, bevor sie von der eigentlich schon lange verständigten Polizei abgehängt wurde.

»50 Stunden, Herr Hauptkommissar Maul«, ereiferte sich Kriminalrätin Fuchtler. »Wie kann es in einem zivilisierten Land passieren, dass dem Hinweis auf eine Straftat erst nach 50 Stunden nachgegangen wird?«

»Wie das in zivilisierten Ländern ist, weiß ich nicht.« Maul fläzte sich in trotziger Haltung im Besucherstuhl vor dem Schreibtisch seiner Vorgesetzten. »Ich bin als Polizist nie aus Bayern rausgekommen!«

»Wollen Sie es auf Biegen und Brechen noch schlimmer machen, Herr Maul?« Die Kriminalrätin spürte, wie sich ihr Blutdruck in gefährliche Höhen aufschwang.

»Sie können ja meine Versetzung beantragen.« Maul zuckte mit den Schultern. »Ich habe mich nicht darum gerissen, hier ...«

»Ja, glauben Sie, das hätte ich noch nicht probiert?«, rief die Kriminalrätin. »Aber Sie waren ja schon überall. Es hat in der gesamten Geschichte der deutschen Polizei noch keinen Beamten gegeben, der öfter strafversetzt wurde als Sie ...«

»Ich war schon immer was Besonderes«, stellte Maul fest.

»Eine besondere Belastung, um es genau zu sagen.« Frau Fuchtler lehnte sich seufzend in ihrem rückenschonenden Schreibtischsessel zurück. »Und leider sind Sie bei unserer Inspektion endgültig im Sibirien des Staatsdienstes angekommen. Meine Chancen, Sie wieder loszuwerden, sind daher sehr gering!«

»Man kann es sich überall schön machen«, sagte Maul, »erst letzte Woche habe ich wieder einen Metzgereigasthof entdeckt, so was gibt's eigentlich gar nicht mehr ...«

»Um Ihre sonstigen Eskapaden kümmern wir uns, wenn dieser Albtraum vorbei ist, Herr Maul.« Die

Kriminalrätin sprang auf. »Jetzt will ich erst wissen, warum Sie dem Hinweis vom Freitag nicht umgehend nachgegangen sind!«

»Es war Wochenende.« Maul sah seine Vorgesetzte entgeistert an.

»Ach so, und wenn uns ein Mord am Wochenende angezeigt wird, dann kümmern wir uns erst am Montag darum?«

»Ich habe der Trachtentruppe gesagt, die sollen da mal vorbeifahren.« Maul blieb unbeeindruckt. »Und es wurde ja auch kein Mord angezeigt, sondern ein anonymer Anrufer hat uns empfohlen, uns einmal in der alten Fabrik in ... äh ...«

»Lahmersruh!«

»... genau ... uns da einmal umzusehen. Wegen so was sage ich doch nicht das Wochenende mit meiner Tochter ab! Wissen Sie, wie oft meine Exfrau verhindert, dass ...«

»Ihre privaten Verhältnisse interessieren mich nicht, Herr Maul«, rief die Kriminalrätin. »Der berühmte Künstler Bernhard Groh hing geschlagene 50 Stunden an einem Strick, bevor er überhaupt gefunden wurde – selbstverständlich nicht von Ihnen, wie ich anfügen möchte!«

»Wie gesagt, ich habe den unteren Dienstgraden befohlen, sich dort umzusehen. Wenn die das nicht gemacht haben, haben sie meinen Befehl verweigert!«

»Sie sind hier nicht mehr beim Militär, Herr Hauptkommissar!« Frau Fuchtler lief zum Fenster, das einen trostlosen Blick auf die verregnete Straße bot. »Der Mann trug ein Schild mit der Ziffer 1 um den Hals, was zu der Vermutung Anlass gibt, dass es sich hier nicht um einen

Selbstmord handelt, sondern womöglich um den Anfang einer Serientat! Wer weiß, ob nicht schon die 2 und die 3 irgendwo hängen?!«

»Na ja, vielleicht ruft dann ja wieder jemand an.« Maul zuckte mit den Schultern.

»Ich werde mich jetzt nicht länger mit Ihnen herumstreiten.« Die Vorgesetzte ließ sich wieder in ihren Sessel sinken. »Ich kann mir schon denken, worauf Sie mit Ihrem Verhalten hinauswollen, aber das funktioniert bei mir nicht! Sie werden diesen Fall aufklären, Herr Maul. Und bis das nicht erledigt ist, gibt es Urlaubssperre, und Ihre Wochenenden können Sie auch abschreiben. Haben wir uns verstanden?«

»Was?« Nun wurde Maul etwas lauter. »Ich habe aber schon ein Zimmer in Karlsbad gebucht ...«

»Wenn Sie bis Freitag fertig sind, kein Problem«, lächelte die Kriminalrätin, »wenn nicht, wird durchgearbeitet. Am besten, Sie fangen gleich mit der Auswertung des Notebooks an, das samt Videokamera im selben Raum wie der Tote gefunden wurde.«

»Was steht da?«, fragte Maul.

»Porcellanwarenfabrik Ferdinand Groh und Consorten«, sagte Polizeihauptmeisterin Sebald, ohne die verblichene Inschrift über dem Fabriktor eines Blickes zu würdigen.

»Groh?« Maul vertilgte den letzten Rest seines Wacholderschinkenbrötchens mit sauren Gurkenscheiben. »Das ist doch der gleiche Name wie bei dem aufgehängten Künstler!«

»Das haben Sie genial erkannt.«

»Ja, ich bin ein Lebensweiser«, nickte Maul, ohne den

Sarkasmus in Sophies Stimme zu bemerken. »So einen wie mich finden Sie kein zweites Mal!«

»Das glaube ich sofort«, gab die Polizistin trocken zurück.

»Also war der Tote ein Nachfahre von diesem Porzellan-Groh, dessen Name da oben steht«, stellte Maul fest, als sie sich durch das kaum noch zu öffnende Tor zwängten.

»Das Zeug vom Groh kennt hier jeder«, erwiderte Sophie Sebald. »Praktisch jede Familie hat das ›Königs-blaue N° 1‹ im Schrank stehen, für Ostern, Weihnachten, Taufen, Hochzeiten und Beerdigungen!«

»Na ja, so wie's aussieht, braucht man das hier wahr-scheinlich nur noch für Beerdigungen«, lachte Maul, was ihm einen zornigen Blick seiner Kollegin einbrachte.

»Sie können sich Ihre Arroganz sparen, die Leute hier haben sich ihr Leben nicht ausgesucht!«

»Nicht?« Sie waren mittlerweile in einer fast leeren Werkshalle angekommen. Maul blieb stehen und sah sich um. Die alten Fensterscheiben waren entweder blind oder zerschlagen, zwei gusseiserne Säulen trugen die Decke, und zwei Schutthaufen schienen die einzi-gen weiteren innenarchitektonischen Akzente zu setzen. Maul näherte sich einer der Eisensäulen bis auf wenige Zentimeter und schob die Brille hoch.

»Blaue Farbe«, sagte er.

»Königsblau wahrscheinlich.« Polizeihauptmeisterin Sebald schien sich weniger für die Immobilie zu interes-sieren. »Das war früher der Teil des Betriebs, in dem die Verzierungen auf die Teller und Tassen gemalt wurden – in Handarbeit, versteht sich.«

»Andere Farben hat es nicht gegeben, wie es scheint.« Maul musterte mittlerweile die zweite Säule.

»Wie gesagt, das ›Königsblaue N° 1‹ war der Renner. Das gab es seit 1890 und wurde von allen verwendet, die was auf sich hielten. Auch für Könige und Kaiser hat es eigene Editionen gegeben ...«

Sie kamen in eine mittelgroße Halle, die im Vergleich zum Rest des Anwesens relativ aufgeräumt wirkte. Offenbar hatte Bernhard Groh diesen Teil der Fabrik als Atelier oder Werkstatt benutzt, denn es lagen mehrere Paletten mit Zement und anderem Pulver in einer hinteren Ecke, ebenso diverse Kübel, Tröge und Eimer, Elektrogeräte und Handwerkszeug. In einer anderen Ecke stand ein raumhoch gemauerter, offener Kamin, daneben war Brennholz aufgeschichtet. In der Mitte befand sich ein aus zwei Böcken und einer Schalplatte errichteter Tisch, mit deutlich sichtbaren Spuren der erkennungsdienstlichen Behandlung.

Groh hatte als Künstler besonders in den Siebziger- und Achtzigerjahren mit großen Porzellanobjekten Furore gemacht, die anfangs noch die Formen von Menschen und Tieren aufwiesen (mit starken Anleihen bei der germanischen und keltischen Mythologie), später aber immer abstrakter wurden. In den letzten 20 Jahren hatte er sich auch der Performance Art zugewandt, aber weder er noch seine Werke waren sonderlich gefragt gewesen.

Sophie zeigte auf einen Stahlträger an der Decke: »Hier haben wir ihn runtergeholt!«

»Da ist ja auch alles blau«, stellte Maul fest und deutete auf den Boden unter der besagten Stelle.

»Ja, natürlich.« Die Polizeihauptmeisterin wirkte nun ungeduldig.

»Wie, ›natürlich‹?« Maul ging in die Knie und versuchte etwas von der Farbe auf dem Boden mit dem

Finger abzureiben. »Wenn sich einer aufhängt, tropft es doch normalerweise nicht blau aus ihm heraus!«

»Wenn sich irgendjemand außer mir bislang wenigstens einmal die Mühe gemacht hätte, diesen Scheißcomputer auszuwerten, dann wüssten Sie es vielleicht auch schon.« Sie hielt es nicht mehr aus und zündete sich eine Zigarette an.

»Was wüsste ich dann schon?«, fragte Maul, ohne weiter auf den Ausbruch der Kollegin einzugehen.

»Es war eine Kamera neben dem Notebook hier auf dem Tisch.« Sie deutete auf das Schalbrett. »Die war genau so eingestellt, dass nur der Groh im Bild war, als er ... ähm ... na ja, also in seiner letzten ... ähm ... Position gewissermaßen ...«

»Ja, ich verstehe schon.« Maul blickte zu dem Eisenträger über ihnen.

»... genau, und dann hing er da, also so zwei Minuten vielleicht, und dann ist plötzlich diese Farbe da an ihm runtergelaufen ...«

»Ja wie?« Maul legte die Stirn in Falten. »Einfach so?«

»Woher soll ich das wissen?« Sophie blickte nach oben. »Wenn Sie meinen, dass es eine Vorrichtung oder so was gegeben hätte ... nein, da war nichts.«

»Es gibt so Plastiktüten«, sinnierte Maul, »also eben nicht aus Plastik, sondern aus so einem Biozeugs, das verrottet nach kurzer Zeit. Meine Exfrau war so eine Ökospinnerin, die hat die für den Biomüll benutzt. Da wäre die Farbe vielleicht nach ein paar Stunden von selbst durchgekommen.«

»Ja, aber wir haben keinen Rest von einer Tüte oder sonst einem Behältnis gefunden!«

»Und in diesem Film ist auch weiter nichts zu entdecken?«

»Nein. Der Bildausschnitt ist so klein, dass nur der Groh bis zu den Oberschenkeln zu erkennen ist ...«

»Also gut.« Maul sah auf die Uhr, um die zeitliche Entfernung bis zur Mittagspause einzuschätzen. »Der ist also immer blauer geworden ...«

»Ja, nicht ganz blau, aber so ein halber bis ein Liter Farbe wird es schon gewesen sein ... und dann noch diese 1 um seinen Hals ... also wie das Porzellan, ›Königsblau N° 1‹, verstehen Sie?«

»Gut, und dann? Weiter sieht oder hört man nichts?«

»Es kommt nur noch eine Einblendung ...«

»Aha, und? Was steht da? Der Name des Mörders hoffentlich!«

»Nein, da steht ›FIN‹! Wie in diesen Kunstfilmen, die keiner versteht.«

»Moment.« Maul lief zurück in die Ecke mit dem Werkzeug. Hinter einer Palette zog er ein Gerät hervor, das aussah wie ein überdimensionierter Besenstiel mit einem kleinen Eimer vorne dran. »Habe mich gleich gewundert, wofür man so was braucht«, sagte er.

»Ist vielleicht ein Spezialwerkzeug, um in den Brennofen zu kommen und ... was weiß ich ... Wasser über die Teile zu schütten.« Sophie nahm das Gerät an sich und prüfte es. »Aber da sind Spuren von blauer Farbe drin ... meinen Sie, dass dem Groh damit jemand ...«

»Irgendwie muss er ja da raufgekommen sein mit der Farbe.« Maul untersuchte den Stiel. »Und dabei scheint er sich verletzt zu haben. Sehen Sie?« Er deutete auf eine Stelle am unteren Ende, wo ein Spreißel herausgebrochen war und sich ein kleiner Blutfleck befand.

»Mein Gott, das wäre ja eine astreine DNA-Probe! Wenn der Täter wirklich damit die Farbe ...«

»Ja, aber das brauchen wir nicht gleich an die große Glocke zu hängen.« Eilig verstaute Maul das Ding wieder hinter der Palette. »Mir wäre jedenfalls ein Selbstmord tausendmal lieber!«

»Mir auch«, nickte Sophie.

»Sagen Sie mal, war der Groh eigentlich noch richtig erfolgreich als Künstler?«

»Ich kenne mich doch mit Kunst nicht aus.« Sophie zündete sich eine weitere Zigarette an. »Nach allem, was ich recherchiert habe, war er schon länger nicht mehr gefragt. In letzter Zeit hat er anscheinend probiert, mit irgendwelchen tollen Aktionen Aufsehen zu erregen ...«

»Aktionen?«

»Ja, Performance oder wie das heute heißt.«

»Vielleicht ist das ja überhaupt die Lösung.« Über Mauls Gesicht huschte ein verschlagenes Grinsen.

Beim Verlassen des Geländes lief ihnen ein untersetzter, schwer schnaufender Mann in die Arme, der einen silbernen Koffer bei sich trug.

»Ah, der Herr Prügl.« Sophies Freude wirkte nicht ganz echt. »Grüß Gott!«

»Grüß Gott, Frau ... äh ... Ding«, schnaufte der Mann, »gut, dass ich Sie hier treffe!«

»Das ist der größte Bauunternehmer in der Gegend«, raunte Sophie Maul ins Ohr.

»Schrecklich, das mit dem Groh«, fuhr Prügl fort, »so ein Ende wünscht man ja seinem ärgsten Feind nicht ...«

»Ich schon«, fuhr Maul dazwischen, »vor allem dem

neuen Stecher von meiner Alten, dem wünsche ich noch was ganz anderes!«

»Ja, wissen S', Herr Kommissar ...« Prügl hatte sich nun ganz auf Maul konzentriert.

»Hauptkommissar!«

»... Herr Hauptkommissar, wir haben da am hinteren Ende von dem Fabrikgelände geologische Untersuchungen gemacht, bis der Groh ... also, Sie wissen schon. Und dann haben Ihre Kollegen meine Leute aber weggeschickt, und jetzt wollte ich fragen, ob wir nicht vielleicht wieder weitermachen könnten.«

»Was waren das denn für Untersuchungen?«, fragte Sophie misstrauisch.

»Ach ...« Prügl winkte ab. »Das waren nur so Bohrungen ... also, wegen des Grundwassers, besser gesagt wegen der Fließrichtung ... da, äh, müssen wir was klären, wegen möglicher neuer Bauvorhaben.«

»Was denn für neue Bauvorhaben?«

»Tiefbau.« Prügl schwitzte trotz der niedrigen Temperaturen stark. »Tiefbauvorhaben. Aber da ist ... äh, also ... noch lange nix spruchreif ...«

»Das interessiert mich alles nicht«, erklärte Maul. »Und ob Sie da wieder drauf dürfen, das fragen Sie am besten unsere Chefin, Frau Fuchtler!«

»Oh je«, meinte Prügl nur.

»Performance Art?« Kriminalrätin Fuchtler zog zweifelnd die Stirn in Falten.

»Ja, oder Art Performance, ganz wie Sie wollen.« Sophie Sebald hatte den angebotenen Stuhl abgelehnt und stand mit verschränkten Armen vor dem Schreibtisch ihrer Chefin.

»Und wer ist auf diesen genialen Gedanken gekommen?«

»Der ... hm ... Kollege Maul.« Die Schmerzen, die die Kombination der Worte »Kollege« und »Maul« bei Sophie auslöste, waren fast physisch spürbar. »Und ich auch. Also wir sind beide der Ansicht ...«

»Sie sind also allen Ernstes der Meinung, dass Groh das alles als sein letztes großes Kunstwerk inszeniert hat?«

»Nun ja, diese Sache mit der Farbe und dann das Wort ›FIN‹ am Ende des Videos könnten schon darauf hindeuten, dass ...«

»... Sie diesen Fall ganz schnell als Selbstmord zu den Akten legen wollen!« Die Kriminalrätin sprang auf. »Aber so kommen Sie mir nicht davon. Dann müsste ja irgendwo ein Abschiedsbrief oder Ähnliches zu finden sein. Gerade wenn er in der Lage war, einen Computer so zu programmieren, dass er nach einer Aufzeichnung selbstständig ein Video mit einem ›FIN‹ produziert – was ja erst einmal zu überprüfen wäre –, dann hätte er doch gleich die Gelegenheit dazu nutzen können, das ›Kunstwerk‹ der Nachwelt im Abspann zu erläutern. Was soll das denn bringen, wenn keiner diese Art von Kunst als solche erkennt ... also keiner außer Ihnen und Hauptkommissar Maul!«

»Es kommt ja noch was.« Sophie hatte Mühe, nicht die Beherrschung zu verlieren.

»So? Und was?«

»›Schuld wiedergutzumachen ist unmöglich, Schuld zu akzeptieren dagegen eine Kunst!‹«

»Ach, und das haben Sie als Abschiedsbotschaft interpretiert?«

»Die Firma Groh gab es über hundert Jahre, und wer weiß schon, was da früher mal los war ...?«

»Das mag ja sein, Frau Sebald.« Die Kriminalrätin schüttelte abwehrend die linke Hand. »Aber gerade wenn hier von Schuld die Rede ist, ist Mord genauso plausibel wie Selbstmord. Also tun Sie mir den Gefallen, und ermitteln Sie auch in diese Richtung, bevor wir in den Ruch kommen, zu schlampern!«

»Selbstmorde sind in unserer Gegend aber nicht gerade selten, wie Sie vielleicht wissen, Frau Kriminalrätin!« Sophie Sebald rührte sich immer noch nicht vom Fleck.

»Ja, aber nicht bei erfolgreichen Künstlern.« Die Fuchtler ließ sich wieder in ihren Sessel sinken.

»So erfolgreich war er wohl nicht mehr, und es ist nicht unwahrscheinlicher als ein Mord.«

»Frau Sebald ...« Die Kriminalrätin zögerte und entschloss sich dann zu einem jovialeren Ton. »... Sophie, ich kann mir vorstellen, dass Sie immer noch sauer auf mich sind wegen der Suspendierung im letzten Jahr. Aber das bringt doch nichts, wenn Sie sich jetzt auf die Seite von diesem Faulpelz Maul schlagen, nur um mir eins auszuwischen.«

»Es ist eine naheliegende Lösung«, erwiderte Sophie Sebald mit eisiger Miene. »Und was meine Suspendierung angeht ...«

»Ich musste Sie doch aus der Schusslinie nehmen, verstehen Sie das nicht?«, seufzte Fuchtler. »Das geschah zu Ihrem eigenen Schutz.«

»... und kam gerade richtig, um den Familienrichter zu veranlassen, meinem Exmann das Sorgerecht für Niko zuzusprechen. Die beiden hocken jetzt in Stuttgart, und ich kann froh sein, wenn ich meinen Sohn jedes zweite Wochenende sehen darf!«

»Gut.« Kriminalrätin Fuchtler zögerte kurz und streckte dann ihren Rücken. »Dann werden eben auch Sie kein freies Wochenende mehr haben, bis der Tod von Bernhard Groh zweifelsfrei geklärt ist!«

Zugegeben, Hauptkommissar Maul war ein narzisstisch-persönlichkeitsgestörter, politisch unkorrekter, nicht teamfähiger Lautsprecher – das hatte er nach einigen amtsärztlichen und -psychologischen Begutachtungen schriftlich. Aber er war auch ein Mensch mit einem ausgeprägten Geschmackssinn nebst einem Auge und einem Gaumen für das Besondere. Und bauernschlau wie er war, wusste er auch, dass man bei Kapitaldelikten im ländlichen Raum immer die nächstgelegenen Wirtshäuser aufsuchen musste, um die heißesten Informationen zu kriegen. Das war eine Quelle, die nahezu alle seine Kollegen nicht zu nutzen wussten. Wenn in München irgendwo ein Mensch tot an einem Eisenträger hing, konnte man Nachbarn, Kunden, Freunde, Kollegen oder Passanten befragen, bis man heiser wurde und hatte oft nach Wochen noch immer nichts Brauchbares gefunden. In Lahmersruh genügte wahrscheinlich ein Besuch im *Schrägen Eck*. Und so verwundert es nicht, dass Polizeihauptmeisterin Sebald bei ihrer Suche nach Maul ausgerechnet dort fündig wurde. Es war später Nachmittag und draußen wegen des anhaltend schlechten Wetters fast schon dunkel. Maul saß an einem Tisch in der Mitte der langen Wandseite. An weiteren Tischen saßen jeweils allein: Reinhold Kloß, ehemaliger Oberlehrer und selbsternannter Chronist des Ortes, Konrad Hahn, ein ehemaliger Schichtleiter bei Groh

& Co., und Pankratz Prechtl, früher Pfarrer in Lahmersruh, als es noch eine eigenständige Kirchengemeinde war.

»Für mich ein Bier«, stöhnte Sophie und ließ sich Maul gegenüber auf einen Stuhl fallen, die Uniformjacke hatte sie bereits aufgeknöpft. Die drei alten Herren grüßten sie vertraut mit Vornamen.

»Frau Hauptfeldwebel.« Maul schien nicht einmal unerfreut, die Kollegin zu sehen. »Hab ich mir doch gleich gedacht, dass Sie nicht so eine Vegetarierin sind ...«

»Die Kriminalrätin glaubt nicht an einen Selbstmord als Kunstwerk«, seufzte Sophie. »Und ich kann meine Wochenenden jetzt auch erst einmal vergessen.«

»Die alte Schwarte ist genauso eine Triebtäterin wie alle anderen Vorgesetzten«, sagte Maul. »Die sind ihr Leben lang anderen in den Arsch gekrochen und haben sich dabei krumm gemacht. Und jetzt gönnen sie es einem nicht, wenn man es sich mal gut gehen lässt!«

»Na ja, von ›gut gehen‹ würde ich jetzt nicht reden.« Sophie nahm ihr Bier und leerte es in einem Zug bis zur Hälfte. »Solange wir ihr nicht wasserdicht einen Mörder oder einen Beweis für Selbstmord liefern, werde ich meinen Sohn nicht mehr sehen!«

»Ach, sagen Sie bloß, Sie sind auch ...« Mauls graue Zellen begannen sich zu regen.

»Niko ist bei meinem Exmann in Stuttgart.«

»Und meine Paula bei meiner Exfrau in Fürth.«

»Tja, ich hätte es nicht für möglich gehalten, aber wir scheinen etwas gemeinsam zu haben, Herr Hauptkommissar.« Sophie wirkte bei dieser Feststellung alles andere als glücklich.

»Ausgezeichnet! Dann wissen Sie ja auch, was wir zu tun haben.« Maul lehnte sich zurück.

»Bis Freitag diesen Fall aufklären, meinen Sie?«, fragte Sophie sarkastisch.

»Ganz genau. Aber so lange wird das nicht dauern, wenn Sie sich ein bisschen anstrengen.« Maul nahm einen Schluck Bier.

»Ich? Und was machen Sie?«

»Ich habe noch nie länger als drei Tage gebraucht, wenn es nicht anders gegangen ist.«

»Sie sind ein arroganter Angeber, Herr Hauptkommissar!«

»Ich bin kein Angeber«, sagte Maul, ohne beleidigt zu sein. »Aber wenn wir uns jetzt mal ein wenig anstrengen, dann schaffen wir das schon.«

»Wenn ich wüsste, was zur Klärung dieses Falles beitragen würde, hätte ich es schon gesagt! Aber ich habe diesen Groh und den Betrieb doch selbst auch nicht mehr erlebt.«

»Kein Problem«, lächelte Maul. »Dafür habe ich ja diese drei Herren hier gefunden.«

»Wen?« Sophie sah sich um und beugte sich dann zu Maul hinüber. »Die sind ja nicht verkehrt, aber die erzählen viel, wenn der Tag lang ist«, flüsterte sie.

»Ich bin ja auch nicht scharf darauf, diese ganzen Rentner mit meinen Steuern durchzufüttern. Aber manchmal wissen so Scheintote mehr, als man glaubt.« Maul hielt es nicht für nötig, seine Stimme zu senken.

»Also«, wandte er sich an die Nebentische, »was glauben Sie denn, wer den Groh abgemurkst hat?«

»Wenn wir das wüssten, dann würden wir doch zur Polizei gehen«, lächelte der alte Lehrer Kloß.

»Das brauchen Sie jetzt nicht mehr, die Polizei ist ja zu Ihnen gekommen.« Maul breitete großmütig die

Arme aus. »Und in Ihrem Alter können Sie doch froh sein, wenn Ihnen überhaupt mal jemand zuhört, oder?«

»Da hat er recht«, pflichtete Hahn heiser bei.

»Wie sieht's denn mit der Firma Prügl aus?«, fragte Maul verschwörerisch. »Da haben wir nämlich so einen getroffen, gleich bei der Fabrik.«

»Der Prügl.« Kloß seufzte. »Ja mei ...«

»Der spekuliert halt allerweil noch auf die Autobahn«, ergänzte Hahn.

»Welche Autobahn?«, fragte Maul.

»Direkte Anbindung nach Tschechien«, meinte Sophie. »Wird seit Jahrzehnten geplant, aber passieren tut natürlich nichts!« Sie nahm ihren Bierfilz und begann ihn mit den Fingernägeln zu massakrieren.

»Weil überall sofort die Tierschützer dagegen sind oder die Umweltschützer oder irgendwelche Bürgerinitiativen«, führte der ehemalige Groh-Schichtleiter Hahn näher aus.

»Und dann gibt's hier halt so viele Berge.« Kloß schob die Daumen unter die Hosenträger und lehnte sich zurück. »Wenn man da nicht haufenweise Tunnels durchbohren will, dann bleiben nicht so viele Möglichkeiten für die Streckenführung übrig.«

»Aha.« Maul zog die Augenbrauen zusammen. »Und das heißt jetzt, dass diese Autobahn durch Lahmersruh gebaut werden soll?«

»Zumindest dran vorbei.« Kloß hustete blechern. »Und zwar direkt über das äußere Fabrikgelände vom Groh.«

»Und was hat der Prügl dann davon, wenn sie durch den Grund vom Groh verläuft?« Maul trank das Bierglas aus und sah das leere Gefäß danach kritisch an.

»Zwei Sachen.« Hahn hob zitternd die rechte Hand und streckte Zeige- und Mittelfinger in die Luft. »Ihm gehört der Grund, der an die Fabrik anschließt, und je nachdem, wie die Grenze verläuft ...«

»Ach so.« Maul musterte immer noch sein Bierglas. »Und da kann man für wertloses Land noch mal einen gescheiten Preis kriegen ...«

»Das haben jetzt Sie gesagt«, kicherte Hahn.

»... und wenn da wirklich eine Autobahn käme, dann müsste die ja von jemandem gebaut werden. Und dann würde sich hier vielleicht doch wieder Gewerbe ansiedeln. Speditionen, Motels, Gaststätten, was auch immer. Da könnte der Prügl auf den einen oder anderen Auftrag hoffen«, ergänzte Kloß.

»Zugegeben, das sind alles Spuren, die wir verfolgen sollten, aber irgendwie erscheint mir das als Motiv für einen Mord an Groh doch zu dünn.« Sophie hatte den Bierfilz mittlerweile zu Atomen zerbröselt.

»Das Motiv könnte ja auch eher in der Vergangenheit liegen, und deswegen bin ich doch zu euch Opas gekommen«, sagte Maul.

»Ach, die alten Geschichten.« Prechtl, der ehemalige Pfarrer, winkte ab.

»Jungs!« Sophie nahm einen neuen Bierfilz und hob die Stimme. »Wenn ihr irgendeine Vermutung habt, dann sagt es bitte. Wir haben nur noch drei Tage Zeit!«

»Na, die Sache mit dem Grünberg, die werdet ihr doch noch wissen.« Kloß schaute Sophie unschuldig durch die dicken Brillengläser an.

»Welcher Grünberg?«

»Der Kompagnon vom alten Groh!«, erklärte Hahn.

»Konsorte«, korrigierte Kloß.

»Was war denn mit dem?«, fragte Maul.

»Na ja, der ist halt in den Dreißigerjahren ausgewandert, war nicht so unüblich bei denen, gell.« Hahn nahm eine Prise Schnupftabak.

»Bei wem?«, hakte Maul nach.

»Juden, nehme ich an.« Sophie blickte Hahn missbilligend an und zückte einen Notizblock.

»Ja mei«, seufzte Prechtl, »da ist es halt ein wenig eng geworden, vor allem nach '38.«

»Andere sagen Holocaust dazu«, fuhr Sophie scharf dazwischen.

»Das Pikante an der Sache war nur, dass Grünberg zu der Zeit eigentlich der Eigner der Fabrik war«, fuhr Kloß unbeeindruckt fort. »Der alte Groh, also der Vater vom Bernhard, ist während der Weltwirtschaftskrise fast pleitegegangen, und dann ist der Grünberg eingestiegen und hat einen Haufen Geld in die Firma gesteckt ...«

»... und dann hat der Groh das Ganze später für ein Butterbrot zurückgekauft, stimmt's?«, rief Maul.

»Der alte Groh hat da nie was dazu gesagt.« Hahn zog ein riesiges, kariertes Taschentuch aus der Hosentasche und schnäuzte sich lautstark. »Aber reich war der Grünberg ja weiß Gott nicht mehr, als er hier weg ist.«

»Wahnsinn.« Sophie hatte mittlerweile ein neues Bier bekommen. »Da lebt man fast 40 Jahre hier, und keiner sagt einem so was!«

»Wozu?«, fragte Prechtl.

»Normalerweise würde mich das auch nicht interessieren«, pflichtete Maul bei, »aber in unserem Fall stellt sich die Frage, ob das was mit dem Tod von diesem

Porzellanpanscher zu tun haben kann. Wenn es einen Nachkommen von diesem Grünberg geben würde, welches Motiv könnte er haben?«

»Rache«, schlug Sophie vor.

»Der Bernhard war doch damals noch gar nicht geboren«, wandte Hahn ein, »der kann da nichts dafür.«

»Dann geht's vielleicht ums Erbe«, dachte Sophie laut nach.

»Ja, super.« Maul lachte lauthals. »Ein paar Backsteinruinen in Lahmersruh, wahrscheinlich mit tonnenweise Gift im Boden! Das Erbe würde ich aber ganz schnell ablehnen!«

»Hhmm«, brummte Kloß, »allerdings war da noch die Sache mit diesen Sondertransporten anno '45 ...«

»Jetzt sag bitte nicht, dass die hier auch noch KZ-Häftlinge ...«, unterbrach ihn Sophie, ohne den Gedanken zu Ende zu führen.

»Ach was.« Kloß schüttelte den Kopf. »Das waren nur so ein paar Dutzend Kisten ... angeblich ...«

»Kisten?« Mauls Interesse wuchs. »Was für Kisten?«

»Das weiß doch heute keiner mehr«, seufzte Hahn. »Es soll halt irgendwas von Wert drin gewesen sein, das die Herrschaften aus Prag oder sonst wo vor der Roten Armee in Sicherheit bringen wollten ...«

»Beutekunst?«, fragte Sophie.

»Gold?«, fragte Maul.

»Ja sicher.« Kloß' Lachen ging in ein Husten über. »Wenn die Nazis so viel Gold gehabt hätten, wie überall behauptet wird, dann wären die Goldvorräte der Erde schon längst erschöpft.«

Sophie kritzelte komische Figuren auf ihren Block. »Ganz egal, was es war – wenn da was von Wert auf dem

Gelände ist, dann müssen wir uns fragen, wer von Grohs Tod profitiert. Wem gehört denn das alles jetzt?«

»Haben wir das noch nicht überprüft?«, fragte Maul, der mittlerweile sein Jägerschnitzel bekommen hatte.

»Nein, wir haben das noch nicht überprüft, Herr Maul.« Sophie brauchte umgehend ein weiteres Bier.

»Das wird auch gar nicht so leicht werden«, meldete sich Pfarrer Prechtl.

»Wieso?«

»Der Bernhard hat keine Kinder und keine Geschwister. Also hat er in seinem Testament als Haupterben die Kirche eingesetzt ...«

»Pankratz, bitte weiter«, mahnte Sophie.

»Aber es gibt noch einen Haufen entferntere Verwandtschaft, Vettern zweiten und dritten Grades, Großnichten und -neffen ...«

»Die sich alle nicht melden werden, solange diese Fabrik nur eine Ruine ist«, schloss Sophie.

»Freilich nicht.« Pankratz Prechtl nippte an seinem Rotwein. »Aber wenn da echte Wertsachen dabei sind, sieht's wieder anders aus. Und dann müssen da Pflichtteile ausgezahlt werden und so weiter.«

»Die Karten werden aber komplett neu gemischt, wenn sich ein Nachkomme des ehemaligen Konsorten melden würde«, sagte nun Kloß. »Ich denke, dass es hier analog zu beschlagnahmten oder weit unter Wert erworbenen Kunstwerken ablaufen würde. Und da Grünberg zur Zeit seiner Emigration eigentlich der Haupteigner war, könnten seine Nachkommen eine Rückgabe des Besitzes verlangen – oder zumindest eine Rückabwicklung des damaligen Geschäftes, das geht heutzutage bei den Gerichten fast immer durch ...«

»Dann war es doch ein Nachkomme von diesem Grünberg.« Maul musterte eine aufgespießte Pommes. »Habe ich doch gleich gesagt.«

»Nun ja, eigentlich habe ich gerade versucht, deutlich zu machen ...« Kloß blickte den Maul fragend an.

»Der müsste den Groh nicht umbringen, weil er höchstwahrscheinlich eh den Großteil der Fabrik bekommen würde«, übernahm Sophie die Schlussfolgerung.

»Echt?« Maul schien nicht überzeugt.

»Wir überprüfen erst einmal, ob sich jemals ein Nachkomme von Grünberg gemeldet hat.« Sophie begann ein neues Blatt in ihrem Block.

»Nun ja, besonders tiefschürfende Erkenntnisse sind das ja nicht.« Kriminalrätin Fuchtler nahm die Lesebrille ab. »Das können Sie sich doch in jeder Dorfwirtschaft anhören!«

»Vielleicht wissen die in der Dorfwirtschaft ja mehr, als Sie glauben.« Maul zuckte mit den Schultern.

»Und ... inwiefern bringt uns das jetzt der Lösung des Falles näher?«

»Das noch nicht, aber ...« Maul grinste verschlagen.

»Ja, bitte?«

»Wenn wir das gesamte Gelände bis auf Weiteres sperren und keinen mehr reinlassen, dann müsste was passieren.«

»Meinen Sie?«

»Allerdings.«

»Und wie soll ich die Sperrung begründen? Mir liegt schon seit Tagen der Prügl im Ohr.«

»Brauchen Sie doch nicht. Geben Sie halt eine Erklärung ab, dass sich Hinweise ergeben haben, die es notwendig machen, da alles umzugraben. Sie können ja auch einen Bezug zur Nazizeit andeuten, schadet sicher nichts.«

»Und wie lange soll das dann gehen, Ihrer Meinung nach?«

»Bis sich was rührt.«

»Und wenn sich nichts rührt?«

»Dann suche ich selbst nach diesem Nazischatz ...«

»Herr Maul ...«

»Natürlich nur nach Dienstschluss!«

Zwei Tage später war es so weit. Die Kriminalrätin hatte dem halbseidenen Plan zähneknirschend zugestimmt, weil ihr selbst auch nichts Besseres eingefallen war. Daher musste Rainer Maul acht Stunden am Tag die Fabrik von seinem Dienstwagen aus beobachten und kam somit viel weniger zu seiner gastronomischen Ermittlungsarbeit, als ihm lieb war. An diesem Spätnachmittag nun bekam er während eines Einsatzes in der *Verreckten Katz*, einer Bratenwirtschaft fünf Kilometer östlich von Lahmersruh, einen Anruf von Sophie, die in Grohs Werkstatt mehrere Lichtblitze gesehen haben wollte, und machte sich widerwillig auf den Weg.

»Wir müssen Verstärkung holen«, zischte Sophie kurz nach Mauls Ankunft, während sie versuchten, durch die blinden Scheiben etwas zu erkennen.

»Nix da«, beschied Maul, »am Ende ist es eine Ratte, und dann kriegt sich die Fuchtler gar nicht mehr ein!«

»Eine Ratte mit einer Taschenlampe, oder wie?«

»Dann eben ein Glühwürmchen!«

»Sehr witzig!«

»Wir kreisen ihn einfach ein.« Maul zog Sophie auf Zehenspitzen von der Mauer weg und zückte die Dienstwaffe. »Sie von vorne, ich von hinten.«

»Wir wissen doch gar nicht, wo er sich gerade aufhält.« Auch Sophie hielt die Pistole schon in der Hand, haderte aber offensichtlich noch mit Mauls genialem Plan.

»Der ist in dem leeren Raum, vor dieser Werkstatt mit dem Ofen.«

»Woher wollen Sie das wissen?«

»Weil ich ein Lebensweiser bin und außerdem ...«

»Was?«

»Warten Sie's ab und denken Sie an Ihren Sohn, heute ist Freitag!«

Maul schlich zu einem kleinen Treppenhaus, das sich an die ehemalige Brennerei anschloss und sowohl eine Außen- wie auch eine Verbindungstür nach innen aufwies. Sophie nahm den großen Eingang und ging quasi den offiziellen Weg. Sie merkte einmal mehr, dass ihre Nerven nach all dem Ärger der letzten Zeit nicht mehr die besten waren. Sie fühlte abwechselnd den Impuls, umzudrehen und sich sofort krankschreiben zu lassen, oder erst einmal unbesehen ein paar Kugeln in jeden Raum zu jagen, den sie betreten musste. Zum Glück machte der Regen einen ziemlichen Lärm, sodass es ihr gelang, keine verdächtigen Geräusche zu verursachen. Als sie sich dem ehemaligen Atelier näherte, bekam sie Angst, dass ihr Herzklopfen sie verraten könnte, und als sie ein schabendes Geräusch hörte, sackte ihr Kreislauf binnen einer Millisekunde in den Keller. Zum Glück war er aber auch fast genauso schnell wieder oben. Sie drückte sich an die Wand neben dem Durchgang, in dem einmal eine zweiflügelige Tür gehangen hatte, und linste vorsichtig in Richtung des Geräusches. Tatsächlich kniete da eine Gestalt mit einer Stirnlampe am Boden und machte sich mit einem Werkzeug am Sockel einer der gusseisernen Säulen zu schaffen. Wegen der Dämmerung konnte Sophie das Gesicht nicht erkennen. Sie zog den Kopf zurück, und als sie einen zweiten Blick wagte, sah sie Maul in der gegenüberliegenden Türöffnung stehen, die Waffe bereits im Anschlag. Jetzt hatte dieses Großmaul auch noch recht behalten. Der Lebensweise hatte sie nun auch erkannt und bedeutete ihr, dass sie den Kerl stellen sollte. Das ergab Sinn, weil seine Aufmerksamkeit dann zuerst auf Sophie gelenkt wurde und der ungleich größere und breitere Maul die Verwirrung nutzen konnte, um den Burschen von hinten zu überwältigen. Also riss Sophie sich am Riemen, brachte die Waffe in Anschlag, beugte sich mit dem Oberkörper in die Türöffnung und klickte im selben Moment ihre Taschenlampe an, um dem Mann ins Gesicht leuchten zu können.

»Polizei, bleiben Sie, wo Sie sind und nehmen Sie die Hände hinter den Kopf ... Herr Groh?!« Wie kann denn das sein?«, rief Sophie, nachdem Maul den Mann unsanft umgerempelt und ihm dann in erstaunlicher Flinkheit die Arme mit Handschellen um die Säule gefesselt hatte. Nun saß der Eindringling heftig schnaufend auf dem Boden und blickte abwechselnd von Maul zu Sophie. Er schien tatsächlich der tote Künstler Bernhard Groh zu sein. Er wirkte zwar überrascht, aber keineswegs verängstigt.

»Der sieht ja aus wie ...«, stellte nun auch Maul fest.

»Ich habe Sie doch erst vor vier Tagen da drüben von der Decke geholt.« Sophie schrie den Mann nun fast hysterisch an. »Sind Sie ein Gespenst, oder was?« Sie begann den Gefangenen in die Backen zu kneifen. Dieser wehrte sich kaum und schien auch sonst keine Lust zu haben, sich irgendwie zu äußern.

»Hm«, brummte Maul und ging ein paar Schritte zurück. Er schien angestrengt nachzudenken, während seine Kollegin den armen Kerl an den Haaren zog, in die Augen leuchtete und ihm mit einem feuchtgespuckten Taschentuch die nicht vorhandene Schminke abreiben wollte.

»Ich bin doch nicht verrückt geworden«, keuchte Sophie.

»Dann wäre aber …«, murmelte Maul und kratzte sich mit dem Lauf der Dienstwaffe am Kopf.

»Jetzt sagen Sie endlich was!« Sophie hatte ihr Opfer keiner Maskerade überführen können und startete nun das dienstliche Verhör. »Sind Sie Bernhard Groh, oder sind Sie es nicht?«

Der Mann schüttelte den Kopf.

»Und warum sehen Sie dann genauso aus?«

»Also schön.« Maul hatte seine Reflexion offenbar beendet und näherte sich nun auch der Säule. »Wenn er nicht reden will, dann werden wir ihn mal durchsuchen!«

Er packte den Gefangenen am Kragen, zog ihn hoch und begann in dessen Hosentaschen zu wühlen.

»Hey!« So langsam kam Leben in den Doppelgänger. »Hören Sie sofort damit auf!«

»Aha«, triumphierte Sophie, »er kann also doch reden!«

»Mit amerikanischem Akzent«, stellte Maul fest, ohne seine Arbeit zu unterbrechen. »Los, Schuhe ausziehen!«

»Sie haben hier immer noch keine Ahnung, was Menschenrechte sind, right?«, beschwerte sich der Ami.

»So, was haben wir denn hier?« Maul zog eine Kreditkarte aus der hinteren Hosentasche des Mannes. »Fred Greenberg ... passt ja.«

»Was passt?«, fragte Sophie.

»Der Name.« Maul hielt ihr die Karte hin. »›Greenberg‹ ... auf Deutsch ...«

»Grünberg!«

»Der jüdische Nachkomme.« Nun leuchtete Maul dem Gefangenen in die Augen.

»Stop this! Hören Sie sofort auf damit, ich werde zu meiner Botschaft gehen!«

»Sind Sie ein Nachkomme von Jakob Grünberg, dem früheren Kompagnon dieser Fabrik?«, nahm Sophie das Verhör wieder auf.

»Yes. Und ich habe nichts getan. Lassen Sie mich jetzt frei ...«

»Sie sind hier unbefugt eingedrungen«, widersprach Maul.

»Unbefugt?« Nun kam auch wieder Farbe in das Gesicht des Amerikaners. »Der ganze Laden hat meinem Vater gehört, und er ist von dem alten Groh betrogen worden! Das ist alles meines hier, und ich kann tun, was ich will!«

»Ja, weil der Groh nicht mehr lebt, nicht wahr?«, grinste Maul verschlagen.

»Was soll das heißen?« Greenbergs Empörung steigerte sich weiter. »Wollen Sie mich einen Mörder nennen?«

»Das hatten wir doch schon.« Nun wurde Sophie nachdenklich. »Ein Mordmotiv hat er ja nicht, in dem Sinne.«

»Außer, dass der alte Groh seinen Vater ausgebootet hat«, sagte Maul.

»Ja, aber das war der alte Groh ...«

»... und dass der junge Groh vielleicht gar kein Sohn vom alten Groh war.« Maul trat nun so nah an Greenberg heran, dass sich ihre Nasenspitzen fast berührten. »Stimmt's oder hab ich recht?«

»Ich weiß nicht, was Sie meinen!«

»Das wissen Sie ganz genau«, grinste Maul.

»Wie?« Sophie lief langsam um die Säule herum. »Sie meinen, dass Bernhard Groh ...«

»... nicht der Sohn vom alten Groh war, sondern vom alten Grünberg«, nickte Maul zufrieden. »Deswegen sehen sich die zwei auch gar so ähnlich, gell?!«

»Moment.« Sophie zog ihren Notizblock aus der Tasche und blätterte. »Groh wurde im März 1939 geboren, da waren die Grünbergs aber schon geflüchtet ...«

»Muss ich Ihnen erklären, wie lange ein Kind braucht, bis es geboren wird?« Maul untersuchte nun die Stelle, an der Greenberg die Säule bearbeitet hatte.

»Ja klar, wenn er im März geboren wurde, dann wurde er im Juni gezeugt, und die Flucht war im September.« Sophie steckte den Block wieder ein. »Und das heißt ... das heißt ...«

»... dass Groh genauso ein jüdischer Nachkomme war wie unser Ami hier.« Maul kratzte mit einer Spachtel an der Säule herum. »Das sind Halbbrüder. Der Groh war ebenfalls ein Erbe vom alten Grünberg, und damit haben wir ein klares Mordmotiv!«

»Sie haben Ihren eigenen Bruder umgebracht und dabei einen makabren Selbstmord inszeniert«, schrie Sophie Greenberg an.

»Ich will jetzt meinen Anwalt sprechen«, erwiderte der Erbe trotzig.

»Jaja, Geld ist eben eines der drei klassischen Mordmotive«, seufzte Maul zufrieden, während er Greenbergs Rucksack untersuchte, der offenbar weiteres Werkzeug enthielt.

»Also doch ein Nazischatz«, folgerte nun auch Sophie.

»Was soll er sonst für einen Grund gehabt haben, seinen Miterben aus dem Weg zu räumen? Geteiltes Gold ist halbes Gold.« Maul hatte einen kleinen Gasbrenner gefunden und spielte daran herum.

»Dann wollte er hier also freie Bahn haben, um alles umzugraben.« Sophie gönnte sich nun endlich eine Zigarette.

»Da braucht er nichts umzugraben.« Maul hielt den Brenner hoch. »Geben Sie mir mal Ihr Feuerzeug!«

»Jetzt sagen Sie nicht, Sie wissen auch schon, wo der Schatz ...« Sophie nahm einen tieferen Zug, als sie vorgehabt hatte, und musste husten.

»Sie wollten mir ja nicht glauben, dass ich ein Lebensweiser bin.« Maul zuckte mit den Schultern. »Und dann muss man den Opas in den verschiedenen Wirtshäusern eben mal zuhören ... Aber ich habe mich schon beim ersten Mal gewundert, dass diese Säulen gar so blau sind und so gleichmäßig blau, also königsblau ...« Er entfachte den Gasbrenner, der mit einer etwa 20 Zentimeter langen, blauen Flamme reagierte. »Das sind nicht nur ein paar Farbspritzer, sondern das ist vollkommen übertüncht und dann gebrannt worden, wie sie es mit dem Geschirr auch gemacht haben, damit die Farbe nicht so einfach abgeht ...«

»Eine Glasur«, ergänzte Sophie.

»Vielleicht auch das ...« Maul ging hinter dem Rücken des Amerikaners in die Knie, was Greenberg dazu veranlasste, drollige Verrenkungen zu machen, um seine Füße möglichst weit weg von der Flamme zu bringen und gleichzeitig den Kopf so zu drehen, dass er Maul zusehen konnte. Dann setzte der Lebensweise den Sockel der Hitze aus, was zunächst zu einem gewöhnungsbedürftigen Geruch und sodann zur Bildung von Bläschen führte. Anschließend kratzte er die weich gewordene blaue Farbe mit einer Spachtel ab, und zum Vorschein kam ...

»Gold«, rief Sophie, »die Dinger sind aus Gold!«

»Perfektes Versteck, oder?« Maul warf das Werkzeug auf den Boden und fischte ein Taschentuch aus der Hosentasche.

»Dann stimmt diese Geschichte mit dem Sondertransport kurz vor Kriegsende ... aua!« Sophie war in die Knie gegangen und hatte die freigelegte Stelle mit einem Finger berührt, den sie sich sofort verbrannte. »Und der alte Groh, der Nazifreund, hat das Gold für seine Kumpels eingeschmolzen, in diese Formen gegossen und dann hier als Säulen einsetzen lassen.«

»Mit einer blauen Tarnung«, nickte Maul. »Und unser Nachkomme hier hat das irgendwie rausgekriegt ...«

»Aber warum kommen Sie dann erst jetzt?«, rief Sophie. »Vor zehn Jahren hat der Groh die Fabrik noch nicht als Werkstatt genutzt, da hätten Sie ...«

»Vor zehn Jahren hat mein Vater noch gelebt«, knurrte der Amerikaner, »da wusste ich noch nichts von diesem Gold-Mythos!«

»Dann muss er aber sehr alt geworden sein«, folgerte Maul.

»95, wenn Sie es genau wissen wollen.« Greenberg ließ sich wieder zu Boden sinken. »Ich habe dann Briefe in seinem Arbeitszimmer gefunden. Alte Briefe. Von einem Arbeiter, der meinem Vater viel zu verdanken hatte. Der hatte ihm geschrieben, dass die wahrscheinlich einen Goldschatz hier versteckt hatten ...«

»Aber nicht, wo?«, fragte Sophie dazwischen.

»Nein, not at all. Er hat aber vermutet, dass der alte Groh es eingeschmolzen und in irgendeine unauffällige Form gegossen hat.«

»Und Ihr Vater? Was hat der mit dieser Nachricht gemacht?«

»Der wollte davon nichts mehr wissen, der war froh, dass er aus Deutschland raus war!«

»Und was war mit Bernhard Groh?«, bohrte Sophie nach. »Wusste er von diesem Schatz? Haben Sie wenigstens versucht, sich mit ihm zu einigen?«

»Goddamn«, stöhnte Greenberg, »was glauben Sie denn? Aber der wollte ja nicht einmal mit uns reden! Ich weiß nicht, ob er davon gewusst hat, oder ob er die Geschichte schön verschweigen und unter den Teppich kehren wollte ... ist ja auch egal, beides ist ein Verbrechen! Ich habe das jetzt in Ordnung gebracht!«

»In Ordnung gebracht?« Sophie war entsetzt. »Was hatten Sie denn mit dem Gold vor? Und warum dieser inszenierte Selbstmord? Haben Sie im Ernst geglaubt, dass wir darauf reinfallen?«

»Das interessiert mich jetzt alles nicht mehr«, beschied Maul und blickte auf die Uhr.

»Was?«, rief Sophie.

»Wir haben den Mann geschnappt, ein astreines Motiv nachgewiesen, deutliche Indizien, die zum Täter führen, gibt's auch.« Maul packte Greenbergs rechte Hand. »Er hat hier eine Verletzung, die von einem Holzspreißel stammen könnte. Wahrscheinlich wird die

DNA-Probe beweisen, dass es sich bei dem Blut an diesem komischen Werkzeug, mit dem die Farbe über den Groh gekippt wurde, um seines handelt.«

»Stimmt, das hatte ich jetzt schon wieder vergessen«, murmelte Sophie.

»Und jetzt rufen Sie mal schön die Fuchtler an und die Kollegen von der Streife, damit sie unseren dicken Fisch mitnehmen«, befahl Maul. »Alles Weitere machen wir dann Montag ... also Sie. Berichte schreiben und so!«

»Und Sie?« Sophie kramte ihr Handy hervor und sah fassungslos zu, wie Maul sich anschickte, den Tatort zu verlassen. »Wo wollen Sie denn jetzt hin?«

»Ich muss nach Fürth, meine Tochter abholen!«

Angela Eßer
Familientag

15.00 Uhr

Während sie im Bikini den Liegestuhl auf dem Balkon aufbaute, sah sie in der Ferne schwarze Wolken. Das dauert noch, dachte sie. Bis zum Dienstbeginn würde sich das Wetter noch halten, da war sie sicher. Danach könnte es gerne wie aus Kübeln regnen.

Unten auf der Straße fuhr ein Auto mit quietschenden Reifen an. Sie schaute über die Balkonbrüstung und sah, wie ein Taxi um die nächste Ecke fuhr. Sah, wie eine Frau auf dem Bürgersteig stand und mit den Armen herumfuchtelte. »Kann ich helfen?«, rief sie hinunter. Doch der Windstoß, der durch den Baum vor ihrem Balkon fuhr, löschte die Worte, trug alles sanft um die nächste Häuserecke.

»Notgeiles Arschloch«, schrie Clara dem Taxi hinterher. Baggerte sie dieses Sackgesicht einfach an! Wäre sie besser gelaunt gewesen, dann hätte sie sich vielleicht amüsiert, vielleicht sogar gelacht. Aber sie hatte keine gute Laune. Überhaupt nicht.

Von irgendwoher rief jemand etwas auf die Straße. Ihr klopfte das Herz bis zum Hals, und sie war wütend. Wütend auf diesen Affen, vor allem aber wütend auf sich selber, dass sie sich so hatte provozieren lassen. Sie ging den restlichen Weg bis nach Hause zu Fuß, und schon von Weitem sah sie ihre selbst getöpferte, heile Welt: »Hier wohnen Clara, Enno und Jannik.«

Nichts war vertrauter, nichts fremder. Ihr wurde übel. Sie schloss die Haustüre auf, stellte den Koffer und die

Einkaufstüten ab. Wie immer stolperte sie über Janniks Schuhe, die im Flur verstreut lagen. Eine Scheißwoche. Alles war schiefgelaufen. In der Agentur, bei den Kunden, am Flughafen. Einfach alles. In der Küche verstaute sie die Einkäufe und schaute auf die Uhr. Zu früh. Egal. Sie nahm eine angebrochene Flasche Wein aus dem Kühlschrank, schenkte sich ein Glas ein. Gierte nach der kühlen Flüssigkeit wie eine Ertrinkende nach Luft. Halbherzig rief sie nach Jannik. Wahrscheinlich hing er wieder oben in seinem Zimmer am PC und hatte Kopfhörer auf. Wie immer. Sie atmete tief durch und hörte, wie ihr Handy klingelte. Tommy. Ihr Bruder. Noch so ein Arschloch. Ein Kokser-Arschloch, das auch nur anrief, wenn es Geld brauchte.

Aber irgendwann reichte es.

»Das musst du dir anschauen«, plärrte er ihr ohne jede Begrüßung ins Ohr.

»Ein für alle Mal«, sagte sie. »Es reicht. Ich hab dir ...«

»Geil. Geil. Geil, sag ich dir. Genau die Location, die ich für den Clip gesucht habe«, fuhr er unbeirrt fort und nannte ihr eine Adresse. »Clara, Große, ich brauche diesmal auch wirklich nicht viel ...«

»Nein«, unterbrach sie ihn. »Hol dir diesmal woanders die Kohle für deinen Scheiß.«

»Schwesterherz ...«

»Ich habe Nein gesagt ... verdammt noch mal«, schrie sie ins Telefon, beendete wütend das Gespräch, und sofort meldete sich ihr schlechtes Gewissen. Am Grab ihrer Eltern hatte sie geschworen, dass sie für den kleinen Bruder da sein würde. Immer.

Vielleicht wären die Eltern sogar stolz gewesen, wenn sie es noch erlebt hätten, dass Tommy mit seiner Musik

Erfolg gehabt hatte. Der große CaTo. Clara lachte kurz auf. Aber der schnelle Ruhm und der genauso schnelle Abstieg hatten ihn zu einem fetten, hässlichen Wrack werden lassen. Und grundsätzlich pleite.

Saufen, Fressen, Koks. Das volle Programm.

Blut ist dicker als Wasser, hatte ihre Mutter ihr wie ein Mantra mitgegeben. »Danke, Mama«, murmelte sie, hob dabei ihr Glas in die Luft, als würde sie jemandem zuprosten, und leerte es in einem Zug.

Von der Treppe hörte sie ein Rumpeln.

Jannik stiefelte an seiner Mutter vorbei, nahm seine Jacke von der Garderobe und verließ das Haus. Ignorierte Clara, die ihm von der Haustüre aus noch etwas hinterherrief. Er rannte zur Bushaltestelle und schrieb eine SMS an Alice. »König auf A3. 15 Min.«

»Alles klar« war die Antwort.

Sie trafen sich in der Müllerstraße und gingen das kurze Stück bis zu der großen Unterführung. Um diese Uhrzeit war hier kaum jemand unterwegs. Außerdem waren noch Ferien. Als hätten sie es verabredet, sahen sie gleichzeitig ihr Opfer. Einen Mann, der auf die Rolltreppe zuging, während er etwas in sein Smartphone tippte.

»Passt«, sagte Alice, »voll die Managersau, oder?« Jannik grinste. Sie zogen die Kapuzen ihrer Sweatshirts über den Kopf und liefen mit hochgezogenen Schultern die Treppe hinunter. Fast unten angekommen, schwang sich Jannik plötzlich über den Handlauf auf die heraufahrende Rolltreppe, riss dem Mann das Smartphone aus der Hand und rammte ihm mit voller Wucht seine Faust in den Bauch. Laut johlend filmte Alice mit ihrem Handy alles – auch, wie der Mann mit dem Kopf auf den scharfen Kanten der Stufen aufschlug und Jannik die Rolltreppe hinuntersprang. Gemeinsam rannten sie über die andere Treppe hoch zum Ausgang. Niemand war ihnen gefolgt. Wie immer nach einer Aktion trennten sie sich, um sich später in der alten Fabrik zu treffen.

Dass sich die Krawatte des Mannes in den Fugen der Rolltreppe verfing, bekamen sie nicht mehr mit. Auch nicht, dass der Mann bewusstlos am oberen Ende der Treppe lag.

Jannik fuhr ein Stück mit der Straßenbahn und lief ziellos an Eis essenden Kindern und schwitzenden Erwachsenen vorbei durch die Fußgängerzone. In einem Hauseingang zog er das Smartphone des fremden Mannes aus seiner Hosentasche. Überflog die E-Mails, sah sich die Fotos an und schnalzte mit der Zunge. Volltreffer. Der Typ war auch noch schwul. Wenn er Alice auf den Typen im Netz losließ, dann hätte der in der nächsten Zeit definitiv nichts mehr zu lachen. Das fremde Handy fing an, eine Melodie zu spielen. Er sah die Nummer des Anrufers, schüttelte ungläubig den Kopf und blickte völlig verdutzt auf ein Foto seines Vaters.

Enno saß in einem Bistro in der Fußgängerzone und kaute auf seiner letzten Gabel Spaghetti. Der Tag in der Klinik hatte ihn erschöpft, vor allem die OPs waren anstrengend gewesen, und er hatte keine Lust auf das Kantinenessen gehabt. Keine Lust auf die Schwestern, die Kollegen, das bigotte Geschwätz vom Chef. Er wollte einfach nur seine Ruhe und ausspannen, bevor er wieder in die Klinik musste. Doppelschicht. Kollegen waren krank geworden. Wie so oft.

In dem Moment, in dem er den Kellner rief, um einen Espresso zu bestellen, meinte er seinen Sohn in der Fußgängerzone zu sehen. Suchend schaute er durch die regennasse Scheibe. Sein Handy klingelte, und er nahm das Gespräch entgegen, ohne auf das Display zu schauen. Seinen Sohn konnte er draußen nicht mehr entdecken.

»Tausend, sonst stehen die Fotos im Netz. Kapiert?«

»Tom ...« Enno verbesserte sich schnell. Nur Clara durfte ihren Bruder »Tommy« nennen. Warum auch immer. »CaTo, bitte hör mir ...«

»Vergiss alles, was du sagen willst, Clara hat mich abblitzen lassen. Dann bist du eben wieder fällig.«

Enno sah das Grinsen förmlich durchs Telefon. Hörte das überdeutliche Betonen jeder Silbe, das leichte Nuscheln eines Angetrunkenen. Er holte tief Luft. Flüsterte. »Ich werde nicht ...« Aber Tommy unterbrach ihn: »Du kommst sofort hierher, klar?«

Enno schloss die Augen. Wie lange ließ er sich nun schon erpressen? Er wusste es nicht mehr. Und er wusste auch bis heute nicht, wo sein Schwager die Fotos von Paul und ihm herhatte.

Ohne sein Scheißgeld und das von Clara wäre Tommy wahrscheinlich schon längst irgendwo unter einer Brücke gelandet. Er wusste nicht, was stärker war: sein Mitleid für Claras Bruder oder seine Feigheit.

»Heute Abend werde ich mit Clara reden. Ich habe keine ...« Lautes Gelächter am anderen Ende.

»Nichts wirst du, du karrieregeiler Sack. Weder heute, noch morgen, noch irgendwann. Genauso wenig wie all die anderen Male. Du bist und bleibst eine kleine Schwulenmemme. Und jetzt beweg deinen Arsch mit der Kohle hierher ...«

Bevor Enno etwas erwidern konnte, hatte Tommy nochmals laut aufgelacht und das Gespräch beendet. In Enno kroch Wut hoch. Elender Schmarotzer. Miese kleine Erpresserratte. Er musste endlich mit Clara reden. Heute. Nein, nicht heute Abend, er hatte Dienst. Aber morgen würde er mit all den Lügen endlich aufhören.

Jetzt musste er erst noch einmal versuchen, Paul anzurufen und ihm zu sagen, dass er heute nicht zu ihm kommen konnte. Der Kellner brachte den Espresso. Enno trank hastig einen Schluck und warf ein paar Geldscheine auf den Tisch.

16.00 Uhr

Sie ging in die Küche und holte sich aus dem Kühlschrank einen Joghurt. Schrieb etwas auf den Einkaufzettel, der an der Tür hing. Dachte an ihren Job. Die Schichtdienste fielen ihr immer noch schwer. Vor allem im Sommer. Da würde sie sich auch lieber am Abend mit Freunden treffen und in einem Straßencafé sitzen, als unsinnige Nachbarschaftsstreitigkeiten zu schlichten oder Fahrraddiebstähle zu protokollieren. Etwas anderes passierte in dieser Stadt doch eh nicht.

Von Weitem hörte sie die Sirenen eines Einsatzfahrzeuges und trat wieder auf den Balkon. Na, dachte sie und grinste, da haben sie's ja mal wieder eilig ... sonst werden wohl die Pizzen für die Kollegen kalt, oder?

Die ersten Regentropfen fielen klatschend auf den Liegestuhl.

Die heiße Dusche hatte ihr gutgetan, auch wenn sie sich immer noch ärgerte. Über den Taxifahrer, über Tommy. Sie stellte das Weinglas auf dem Nachttisch ab, ging an den Schrank und nahm einen bequemen Hausanzug heraus. Langsam zog sie ihn an und versuchte dabei ihren Unmut loszuwerden. Sie trank das Glas leer und ging ins Wohnzimmer hinunter. Hielt kurz auf der Treppe inne und schaute auf das große Gemälde, das Enno letzte Woche aufgehängt hatte. Sie mochte die Ölbilder, die er malte und die mittlerweile sogar von ein paar Galerien verkauft wurden, aber mit diesem hatte sie nie etwas anfangen können. Es war ihr zu grell, zu bunt. Obwohl es in dieses Haus passte. In dieses Wohn-Nichts. Sündteure Designerstücke überall, gemeinsam ausgesucht, und doch alles zusammen ohne Leben. Für eine Wohnzeitschrift hätte man jedes Zimmer fotografieren können, außer das von Jannik. Diesen stinkenden Saustall voller Klamotten, Bücher, CDs. Sie schloss die Augen. Eigentlich war doch alles in Ordnung. Sie hatte alles, was sie sich immer gewünscht hatte. Sie hatten mehr als genug Geld, waren alle gesund, und Jannik würden sie auch noch durchs Abi kriegen. Und Tommy konnte sie mal. Im Wohnzimmer setzte sie sich auf das Sofa, goss sich Wein nach und schaltete den Fernseher ein. Während sie von einem Kanal zum nächsten zappte, überlegte sie, ob sie vielleicht alle wieder einmal zusammen in Urlaub fahren sollten. Neu beginnen. Reden.

Als das Telefon klingelte und sie auf das Display sah, erkannte sie Tommys Nummer. Sie ließ es bimmeln. Sie hatte keine Lust, sich noch einmal mit ihm herumzustreiten. Aber sie musste etwas unternehmen, sonst stand er womöglich gleich noch hier vor der Tür. Sie wusste, wie hartnäckig Tommy sein konnte. Tommy, der sich letztendlich zu Tode kokste. Egal, wie viel Geld er je in Händen gehalten hatte, er hatte es immer für

Drogen und Frauen rausgeschmissen. Und den Rest verzockt. Tausend Sachen hatte er angefangen, tausend Sachen wieder aufgehört. Und immer war sie da gewesen, um alles auszubügeln. Immer und immer wieder. Schluss.

Sie trank noch ein Glas Wein und überlegte. Sie musste mit ihm reden, ob sie wollte oder nicht. Aber ganz bestimmt nicht hier. Wo war er noch gleich? In dieser beschissenen Fabrikruine, hatte er gesagt. Sie trank den Rest direkt aus der Flasche, nahm entschlossen den Autoschlüssel vom Tisch und beschloss, ihm ein für alle Mal die Leviten zu lesen. Noch einmal würde er sie nicht herumbekommen.

Sie hörte im Flur Glas splittern.

Jannik ignorierte die Scherben, lief auf Socken. Mit dem Schuh, den er vom Fuß geschleudert hatte, war es ihm endlich gelungen, diese Spießervase von dem kleinen Tisch zu fegen. Er ging im ersten Stock ins Badezimmer, würgte. Die Bilder, die er gesehen hatte, bekam er nicht mehr aus seinem Kopf. Sein Vater. Nackt. Niemals wäre er auf den Gedanken gekommen, dass sein Vater stockschwul war, sich auch noch mit anderen Typen zusammen so fotografieren ließ. Ekelhaft. Jannik würgte noch einmal. Hörte seine Mutter an der Türe klopfen.

»Lass mich in Ruhe«, schrie er heiser, und als sie noch einmal klopfte, wurde er wütend. »Verschwinde.« Die Alte behandelte ihn immer noch, als sei er sechs.

Jannik wusch sich das Gesicht, ging auf sein Zimmer und nahm den Laptop aus dem Fach, das unter der Bodenplatte seines Schrankes versteckt war. Mit kopierten Daten ein bisschen Spaß haben, ohne Spuren im

Netz zu hinterlassen. Doch bevor Alice das Ding bekam, musste der Dreck runter. Schnell.

Er setzte seine Kopfhörer auf, drehte den Regler auf volle Lautstärke und machte sich an dem fremden Smartphone zu schaffen. Als er fertig war, verließ er durch den Keller das Haus. Er hatte keine Lust, seiner Mutter über den Weg zu laufen, auch wenn sie wahrscheinlich schon vor der Glotze eingeschlafen war. Besoffen, wie immer.

Er musste hier raus, musste seine Wut und seine Enttäuschung darüber, nichts, aber auch gar nichts mitbekommen zu haben, loswerden. Mit Alice würde er ein paar Penner aufmischen. Dieses miese Gesockse. Vielleicht würden sie in der alten Fabrik welche finden. Sicher sogar, wenn es noch ein bisschen länger regnete. Wenn er so einem die Fresse polieren würde, ginge es ihm gleich besser, das wusste er. Er legte seinen Kopf in den Nacken und genoss den Regen, der sein Gesicht kühlte. Ungeduldig stieg er in den Bus und kontrollierte noch einmal das Smartphone. Die Telefonnummer seines Vaters und auch die Fotos waren endgültig gelöscht.

Enno hatte auf Pauls Mailbox eine Nachricht hinterlassen. Ihm gesagt, dass er ihn liebte. Dass diese ganze Lügerei aufhören müsse. Ihm versprochen, in der Klinik aufzuhören. Mit ihm zusammen neu zu beginnen. Irgendwo. Er könne ja überall arbeiten.

Nein, verhungern würde er nicht. Höchstens seine Seele. Und deshalb musste auch Schluss sein. Schluss mit der falschen Familienidylle. Viel zu lange hatte er alles aufrechterhalten. Vorgegebene Wege, die er gegangen war, um nicht aus der Norm zu fallen. Um nicht anzuecken, nichts erklären zu müssen. Alles Lügen.

Lügen und Bequemlichkeit. Jetzt wollte er endlich leben. Mit Paul.

Aber wie oft hatte er das schon gesagt?

CaTo wusste es besser als er selbst.

Er war feige. Bis in die Haarspitzen.

Deshalb würde er jetzt auch wie immer zu CaTo fahren, ihm Geld für seine Kokserei geben, und dann in die Klinik zurückkehren. Morgen würde er mit Clara reden.

Vielleicht.

Er startete das Auto und gab die Adresse, die CaTo ihm genannt hatte, in sein GPS ein.

17.00 Uhr

Sie hatte das kurze Gewitter genossen, alle Fenster aufgerissen und den Wind durch die Zimmer und durch ihren Kopf pusten lassen. Sie stand in ihrer Uniform auf dem Balkon und trank noch einen Kaffee. Hörte, wie die Vögel wieder ein Konzert im frisch geputzten Zuhause anstimmten.

Vielleicht sollte sie sich doch für die Polizeihochschule bewerben. Und dann zur Mordkommission gehen. Oder so.

Genau in der Mitte der Halle war der richtige Platz, und endlich schien nach dem Gewitter die Sonne wieder. Durch die hohen Fenster fiel das Licht perfekt für die Aufnahmen, die er machen wollte. CaTo ging zu dem kleinen Tisch, nahm die Wodkaflasche in die Hand und zog Koks durch die Nase. Ließ den Bildern, die ihm durch den Kopf schossen, freien Lauf. Das erste Soloalbum. Endlich weg von diesem Scheißmainstream. Weg von all den Pfuschern, die während der letzten Jahre an seiner Seite gewesen waren. Endlich konnte er zeigen, was er drauf hatte. »Auf die wahre Kunst«, schrie er durch die leere Halle und prostete dem nicht vorhandenen Publikum zu.

Er würde es allen zeigen. Würde der Welt den Spiegel vorhalten. All den kleinkarierten Korinthenkackern. Den Musikfritzen sowieso.

Er setzte die Wodkaflasche an den Mund und nahm einen großen Schluck. Schloss die Augen und sah den fertigen Clip schon vor sich.

Sah sich mit dem Business-Anzug am Laptop sitzen. Schnitt.

Eine Schlinge, von der Decke hängend. Schnitt.

Er, stehend, mit den Händen in den Hosentaschen. Schnitt.

Geldscheine, die durchs Bild flatterten. Schnitt.

Er, mit dem Kopf in der Schlinge, baumelnd. Schnitt.

Ein Hunderteuroschein, der auf seiner Stirn klebt. Schnitt.

Ein Schild mit einer »1« um den Hals. Schnitt.

Lichtblitze, dann alles schwarz. Schnitt.

Titel des Albums. *Geldgeile Gier*. Schnitt.

Er öffnete wieder die Augen. Grinste zufrieden. Die Probeaufnahmen würde er dem Produzenten vorlegen. Und dann würden sie hier den richtigen Clip drehen. Der Filmfritze, den er letzte Woche kennengelernt hatte, würde das hinbekommen. Sicher sogar.

Millionen von Staubkörnchen glitzerten im Nachmittagslicht, das durch die alten, verdreckten Scheiben fiel. Tommy trank noch ein paar Schlucke aus der Flasche. Genau so. Great. Geil.

Am anderen Ende der Halle lagen verstreut ein paar alte Kisten. Er schleppte sie in die Mitte und stapelte sie übereinander. Das müsste reichen. Er kletterte hoch und warf das Seil über das dicke Rohr knapp unter der Decke. Knotete eine Schlinge, so wie er es auf YouTube gesehen hatte. Fast mittig über den Paletten. Das andere Ende befestigte er an einem verrosteten Fließband, das an der Wand festgeschraubt war. Umständlich und immer wieder über seine Füße stolpernd zog er sich den schwarzen Nadelstreifenanzug an, den er für die Aufnahmen besorgt hatte. Strich seine langen Haare zurück, ließ sie im Hemdkragen verschwinden, hängte sich das Schild mit der »1« um den Hals. Zwischendurch trank er immer wieder gierig aus der Schnapsflasche, und als sie leer war, warf er sie quer durch die Halle. Gröhlte.

»Hört. Hört zu, ihr Stümper dieser Welt. Ich, CaTo, ich werde euch zeigen, was Musik ist. Musik für die Ewigkeit!« Er grinste, rülpste und nahm noch eine Flasche Wodka aus der Plastiktüte, schraubte sie auf, trank.

Verdammt, wo blieb denn dieser verfuckte Enno!? Heute Abend wollte er sich noch mit Stoff eindecken und dann ins Studio. Er ließ seinen neuen Song auf dem Laptop abspielen, trommelte mit den Händen auf dem Tisch und schaute durch den Sucher der Videokamera. Die Paletten sah man nicht. Perfekt. Aber das Seil hing noch nicht an der richtigen Stelle. Er hatte sich verschätzt. Scheiße. Er schob die Videokamera auf dem Tisch hin und her, aber es half alles nichts. Die Kamera musste wieder in ihre alte Position gebracht werden, sonst stimmte der Lichteinfall nicht. Mit großer Anstrengung kletterte er erneut auf den Stapel. Völlig verschwitzt schwankte er auf den Kisten hin und her, versuchte das Gleichgewicht zu halten. Um nicht herunterzufallen, griff er mit der rechten Hand durch die Schlinge und hielt sich an dem Teil des Strickes fest, der von dem Rohr herunterhing. Er zog daran, wollte es weiter nach rechts schieben, aber irgendetwas ließ das Seil nicht an dem Rohr weitergleiten. Er fluchte laut und stampfte kurz mit einem Fuß auf. Die Kisten wackelten unter seinen Füßen. Wieder und wieder zog er an dem Seil, bis er unvermittelt das Gleichgewicht verlor. Er rutschte ab, stieß dabei eine Kiste auf den Boden. Blitzartig zog sich das Seil zusammen, und er hing mit seiner Hand in der Schlinge. Genau wie sie es auf You-Tube gezeigt haben, schoss es ihm durch den Kopf, und gleichzeitig schrie er vor Schmerz laut auf. Atmete viel zu schnell ein und aus. Versuchte mit der anderen Hand das Seil zu fassen, um sich daran festzuhalten, sich hochzuziehen. Doch sein Körper war viel zu schwer und ungelenk. Er keuchte, strampelte panisch mit den Beinen, unter seinen Füßen gab es keinen festen Halt mehr. Ihm wurde eiskalt, und der Schweiß floss ihm aus allen Poren. In hohem Bogen spie er seinen gesamten Mageninhalt aus. Zitternd brüllte er um Hilfe, wusste, dass ihn hier niemand hören würde. Seine Stimme hallte nur von den Fabrikwänden zurück. Die Haare hatten sich aus dem Kragen gelöst und klebten in seinem Gesicht, seine Hand spürte er kaum noch. Sein Schultergelenk schien auseinanderzubrechen. Er schluchzte, jammerte, hörte seinen Herzschlag wie Paukenschläge laut und unregelmäßig in seinen Ohren. Würgte immer und immer wieder Galle. In seinem Kopf brannte es lichterloh.

Mit letzter Kraft griff er in seine Jackentasche, fand das Handy und drückte die Wahlwiederholung. Enno.

Enno dachte an Paul, an die Klinik, an die Zukunft. Er parkte vor der alten Fabrik, und als er den Motor abstellte, klingelte sein Handy. Komplikationen bei einem Notfall-patienten mit Kopfverletzungen. Der zuständige Kollege stand schon wieder im OP.

Als Enno in der Klinik ankam, wurde der Patient an ihm vorbeigerollt – vollständig mit einem Betttuch abge-deckt. Enno sah kurz auf das Krankenblatt. Sein Blut wurde zu Eis. Ohne auch nur eine Sekunde nachzuden-ken, riss er das Tuch herunter.

Paul ...

Das Besetztzeichen dröhnte in seinem Ohr. Japsend atmete er ein und aus, wählte die nächste Nummer, hörte wie aus weiter Ferne das Läuten. Clara.

Clara dachte an gemeinsame Urlaube mit der Familie, an Wärme, an früher. Gedanken schwirrten zusammen-hanglos durch ihren Kopf, sie hatte viel zu viel getrun-ken, war nicht zur Fabrik gefahren. Torkelnd ging sie in die Küche und stellte einen Topf mit Wasser auf den Herd. Enno würde sich freuen, wenn sie etwas kochen würde. Jannik vielleicht auch. Das Telefon klingelte, ver-schwommen erkannte sie Tommys Nummer. Sie begann leise zu summen und ignorierte den Anruf.

Das Handy glitt ihm aus der Hand. Er versuchte noch einmal etwas zu rufen, aber seine Zunge klebte wie ein aufgeblähtes, trockenes Stück Fleisch in seinem Mund. Plötzlich hörte er ein Lachen, das er kannte. Jannik.

Jannik dachte an das Speed, das er und Alice eben einge-worfen hatten, an Freunde, über die sie gerade sprachen, an den Handyfilm, den sie gleich für die anderen ins Netz stellen würden. Lachend und mit einer Ginflasche in der Hand stolperte er fast über Alice, die vor ihm in der oberen Fabrikhalle abrupt stehen geblieben war. »Hey ...?«

»Krass«, sagte sie. Ihre Stimme überschlug sich. »Ich glaub's nicht. Da haben welche einen Penner abgemurkst. Und alles gefilmt. Voll der Snuff. Geil.«

In diesem Moment sah Jannik den Rücken des Mannes, der mit einer Hand regungslos in der Schlinge hing. Ohne nachzudenken suchte er mit ein paar schnellen Blicken die Halle nach anderen Menschen ab, zog seine Freundin hektisch die Treppe hinunter.

Dass der Mann am Seil noch atmete und versuchte, etwas zu rufen, hatte Jannik nicht mitbekommen. Auch nicht, dass es sein Onkel war, der da hing.

Streitend stürmten die beiden vom Gelände, fuhren schweigend ein paar Stationen mit der Straßenbahn, liefen zum Fluss. Schrien sich wieder an, rauften. Von einer Sekunde auf die andere löste sich Jannik von Alice, rannte los. Mit gehetzter Stimme meldete er einen Notfall in der alten Sauerkrautfabrik. Danach warf er das geklaute Smartphone in die Fluten.

18.30 Uhr

Um genau 18.34 Uhr nahm sie den dritten Notruf in ihrer Schicht entgegen. Doch bevor sie Rückfragen stellen konnte, hatte der Anrufer das Gespräch schon beendet. »Notfall«, hatte sie verstanden, kurz darauf ein lautes Rauschen gehört, dann noch einen Wortfetzen. »Fabrik.« Verflucht, was meinte der damit? Hier standen jede Menge Fabriken in der Landschaft herum. Sie schaute auf den Monitor und sah die Nummer des Anschlusses. Daneben standen Name und

Adresse des Teilnehmers. Sie wählte ein paar Mal die ange-
gebene Nummer, die Mailbox sprang an. Ein paar Minuten
später erreichte sie über die interne Kurzwahl ihren Chef und
spielte ihm den aufgezeichneten Notruf vor.

»Gelangweilte Kids«, entschied er. »Hatten wir die Woche
schon ein paar Mal. Da gibt es welche, die haben nichts Besseres zu tun, als den Notruf zu foppen. Aber wenn es dir hilft,
dann schicken wir mal eine Streife zur Adresse des Anrufers,
orten das Handy. Mehr nicht.«

Nennenswerte Notfälle gingen in ihrer Schicht nicht mehr
ein.

Nina George
Sterbenskünstler

Was auch immer Sie sich vorstellen, was nach dem Tod passiert – Wiederauferstehung, zweiundsiebzig nackte Jungfrauen oder drei niemals enden wollende Sahnetorten buhlen um Ihre Gunst: Vergessen Sie es.

Ich weiß das, ich bin nämlich tot. Und das schon eine Weile. Ich rieche bereits ziemlich komisch. Und manche Teile von mir sind flüssiger, als sie sein sollten. Wie die Seife in Autobahnraststätten, flüssig und rosa.

Ich kann nicht darauf hoffen, dass es hier geruchsempfindliche Nachbarn gibt, die das Parfüm der Vergänglichkeit inmitten des Großstadtdeos wahrnähmen. Dieses halb fertige, halb gare Bürogebäude in Hammerbrook ist seit Jahrzehnten verlassen, die Etagen wändelos, ein Würfelskelett mit unverputzter Haut. Sicher fänden sie Asbest, wenn sie die Decken aufstemmten.

Auf dem nackten Betonboden der leeren sechsten Etage steht ein Powerbook, davor eine Videokamera mit Bluetooth und ein Akku mit teurer Sonnenkollektortechnologie, der die Geräte speist.

Das Webcam-Auge glotzt mich an. Oder das, was mal »ich« war und nun von einer Stahlstrebe herabbaumelt. Übrigens vor einer recht neuen Fototapete, die ein Dutzend bunte Luftballonhunde zeigt, die in einem blauen Himmel zu schweben scheinen. Ab und an blinkt ein rotes Licht an der Kamera auf, die Netzwerkkarte des Powerbooks stellt eine Verbindung her, überträgt Bilder dieser Installation. Jemand hat mir erst beim Sterben zugeschaut und jetzt beim Verwesen.

Death Cam. Läuft vielleicht über YouTube, wer weiß? Oder als Standbild auf dem Nekrologenkanal? Oder hat womöglich nur einen Abonnenten?

Ich weiß es. Es muss mir nur wieder einfallen.

Man wird ein wenig blöde nach dem Krepieren. Alles ist in Unordnung, die vergangenen Zeiten wie Schnee in einer Kugel durchgeschüttelt, das Älteste liegt zuoberst, und das Jüngste ist darunter vergraben. Ich weiß auf einmal wieder, wie ich mit dreizehn meinem blonden Hamster Pilli so lange das Maul zugehalten habe, bis er in meine Hand geschissen hat vor Todesangst, aber ich weiß nicht, wer das war, der mich an diesen Stahlstreben aufgeknüpft hat.

Das Hamsterfell war auf einmal ganz weich. Als ob Pilli kurz vor dem Tod seine absolute Reinheit und Schönheit erreicht hätte. Ich quälte meinen Hamster nie wieder, und Pilli hat noch zwei schöne Jahre mit mir verbracht. Ihm habe ich ja all das zu verdanken, was danach kam.

Auch, dass ich hier bin. Das fühle ich, dass es wahr ist.

Wenn der durch alle Ritzen ziehende Wind meinen Kadaver ins Kreiseln bringt, dann ist auf dem spiegelnden Kameraauge ein weißes Quadrat an der Vorderseite meiner Hose zu sehen. Direkt an meinem vollgepinkelten Boss-Anzug. Es ist ein Stück Papier, mittlere Copyshopqualität. »1« steht da drauf, in einer Allerweltsserifenschrift, wie sie jedes Word-Programm im Schriftenkoffer hat, aus einem Allerweltsdrucker mit Tinte aus dem billigen Nachfüllpack. Fettgedruckt, 72-Punkt-Größe.

Ich weiß bestimmt, wer mir diese alberne, dumme 1 an meinen Schritt gepinnt hat. Derselbe, der sich auch diese *Death Cam*-Liveübertragung ausgedacht hat.

Das war ... ich hab's gleich. Es verbirgt sich da irgendwo in dem Nebel, der über die Gräber meiner Erinnerung schwebt. Ab und an taucht ein Grabstein auf, und darauf steht dann »1985« oder auch: »Als die Mauer fiel, habe ich die Frau von D. gevögelt, während er auf Europatour war.«

Vielleicht hat mich D. aufgeknüpft? Oder seine Frau?

Ich suche nach dem Vermissen in mir. Liebe baut auf Vermissen.

Aber da ist nichts. Keine Frau. Keine Kinder. Keine Enkel.

Ich war ein schwieriger Mann, beliebt, aber nicht geliebt. Es muss jemand gewesen sein, der mich hasst. Und zwar nicht so ein Salonhass, den man als anonymer Troll in Internetforen auslebt oder bequem mit einem Glas Wein in der Hand auf dem Partysofa. Nein, richtiger, ehrlicher Hass, der die ganzen Rache- und Zerstörungsfantasien so strategisch analysiert hat, bis schließlich eine Methode übrig blieb. Und dann wurde sie ausgeführt.

Ich habe mal gewusst, dass es immer genauso viel Hass wie Liebe auf der Welt gibt.

Vielleicht lieben wir zu sehr, vielleicht kommt mit jedem schnulzigen, verlogenen Liebesroman mehr Hass in die Welt.

Ich erinnere mich, dass ich das gesagt habe, zu einem Herrn ... Jauch? Oder einer Frau Winfrey?

Woher kenne ich die bloß?

Natürlich hatte ich Feinde. Jeder, der so viel erreicht hat wie ich zu meinen, nun ja, Lebzeiten, hat welche. Es geht gar nicht ohne – Erfolg, Ruhm, Macht und Reichtum gebären immer eine Bugwelle des Neids und des Hasses.

Ich bin mir allerdings nicht mehr so ganz sicher, was ich genau getan habe. War ich ...

... Josef Ackermann?

... Helmut Kohl?

... George Clooney?

Etwas Rosafarbenes quillt aus meinen Schuhen und platscht auf den Boden. Die Kamera blinkt. Hungrig, sie lässt sich nichts entgehen.

Und wie ich in dieses rosafarbene Pfützchen schaue, schüttelt sich der Schnee der Vergangenheit neu auf.

Ich erinnere mich, dass ich Künstler war, ein sehr berühmter Künstler ... so etwa die letzten 40 Jahre, ja, ich war jung gewesen, als ich begonnen habe, unglaublich jung. Ich habe Performances gemacht. Nackt, man durfte mir Wunden zeichnen, wahlweise mit dem Rotstift oder mit dem Messer, in einem dunklen Raum ohne Zeugen. Die meisten haben das Messer genommen, und ich hatte den Beweis, dass fast jeder die Lust am Brutalen vorzieht, wenn er dabei nicht gesehen wird. Sie haben mich einen Volksverderber genannt, einen Hochstapler, es hieß, ich hätte mir selbst Wunden zugefügt.

Ich kenne meine Wahrheit: Der Mensch ist ein Tier.

Ich war später, viel später, auf Elton Johns Hochzeit. Aber da war ja jeder aus der It-Szene: It-Künstler, It-Models, It-Arschlöcher. Victoria, Claudia, Donatella. Ich erinnere mich nicht genau, was sie tun. Künstlerinnen, die die Leere thematisieren?

Wenn ich etwas gesagt habe, wurde ich öfter zitiert als Barack Obama oder Karl Lagerfeld. Nicht mal der Dalai Lama wurde so oft erwähnt, höchstens der Papst.

Was macht der noch gleich?

Der Wind schubst mich hin und her, die albernen Bal- lontiere auf ihrer Fotohimmeltapete scheinen sich sche- ckig zu lachen. Diese quietschigen Pinscher ... bin ich etwa Damien Hirst?

Da! Es taucht aus der Nebelsuppe auf: ein Bild. Mit Ton. Menschen, die mir vorgeworfen haben, dass ich mit ihrer Angst spiele und mit ihrem Schrecken Geld verdiene. Eine Demo. Pro-und-Kontra-Debatten in den Feuilletons. Bilder von Großmüttern, Großvätern, win- zig klein in den Betten, vom Leben gerade erst verlas- sen.

Na und? Was habe ich mit all den Toten denn zu tun?

»DARF MAN DAS?!«

Eine ernsthafte Frage, aber darf Kunst nicht alles? Muss sie es sogar dürfen?

Ich habe Geld gemacht. Mit der Angst vor Gewalt, Verbrechen, Schmerz – es erscheint mir jetzt, als Totem, ganz logisch.

Wir ignorieren die Endlichkeit, den Freund Tod, die absolute Grenze jeder Hoffnung, so ungemein effektiv. Tod – der passiert nur im Fernsehen und da nicht mal in echt. Oder weit weg, in der Dritten Welt, oder in Syrien oder Jugoslawien oder New York, jedenfalls passiert er nur anderen Leuten. Die haben eben nicht richtig aufge- passt. Nicht richtig vorgesorgt.

Und wenn dann mal einer von ganz nah in echt stirbt, tun alle so, als hätten sie damit niemals gerechnet. Die Wissenschaft tastet sich für die meisten viel zu langsam ins Ewige vor. Sucht immer noch den Schalter, auf dem »Aus« steht, um ihn ein für alle Mal zu deaktivieren. Nie- der mit der Endlichkeit! Klappt nur nicht. Blöde Spaß- bremse. Kunde, willst du ewig leben? Ja und ja – die, die es sich leisten können, frieren sich ein für Millionen von Euro, ein Zwischengrab bei minus 196 Grad im Schatten.

Bei uns wird rücksichtsvoll in aller Stille gestorben, hübsch diskret, in Krankenhäusern und Altersheimen, bloß niemanden mit dieser unfeinen Sache belasten. Einsam ist der Tod, alle schauen weg, wenn du verreckst. Und husch, ab in die Kiste und auf ein Gartengrundstück, um das sich Kirche und Fremde kümmern.

Das rote Licht der Kamera auf dem Boden blinkt wieder auf.

Irgendjemand will nicht, dass ich diskret auf Torfatmung umstelle. Dieser Jemand will, dass man ihn sich ansehen muss, meinen Tod. Dieses unappetitliche Vergehen einer Wichtigkeit.

Niedlich. Ob das was nützt?

Ach du Scheiße.

Bin ich etwa dieser verstörte Kerl, der Leichen konserviert und in Scheiben schneidet, in Posen arrangiert und zum Sex und zum Poker zwingt? Wie heißt der – wie heiße ich – bin ich ...?

Oder hat er mich vielleicht bestellt?

Oder habe ich mich ihm als letzte Performance und in meiner grenzenlosen Eitelkeit als Körperspende überlassen?

Man muss sich schon fragen, ob die Beseitigung eines Mordopfers nicht am besten in so einer Ausstellung bewerkstelligt wird.

Die Sonne geht gerade unter – und auf einmal geht die Tür auf.

Da steht ein ziemlich erschrockener junger Polizist mit offenem Mund und lässt diese ... Installation –

nennen wir es weiterhin mal so – auf sich wirken. Wirkt wohl ziemlich.

Ja, guten Tag, das ist die Wahrheit, das ist das Ende, so sehen wir dann alle aus, wenn wir auf dem Weg zu Gott sind. Ich rieche wenig später, dass der Herr Wachtmeister zum Frühstück zimtige Streusel-Franzbrötchen, Kaffee und eine nun halb verdaute Orange gegessen hat.

Dann ruft er seine Kollegen, jedenfalls dauert es nicht einmal bis zur Blauen Stunde, bis die Hütte voll ist. Blaue Stunde, das ist in Hamburg, wenn der Himmel hoch und durchsichtig wirkt. Als ob wir in einer Schneekugel lebten und auf der anderen Seite der Wölbung jemand vergessen hätte, das Blaulicht auszuschalten.

Wenig später ist die Etage eine Szenerie aus *CSI: Miami*. Menschen in weißen Overalls. Fotografen. Spurensicherer. Kriminaltechniker. Oh, da, Vorsicht – der da, der passt nicht zu den anderen, sie drängen ihn zurück, Platzverweis. Klick.

Ein Sensationsreporter. Morgen baumele ich dann auf Seite 1 der *Bild*. Ich sehe das Blatt vor mir, aber mit einem älteren Datum. Und ein Foto mit einem Mann, der mir ähnlich sieht, nur dass er nicht aus den Schuhen tropft. Darüber steht:

»Der Sterbenskünstler.«

Und wieder setzt sich der Schnee neu.

»Sterbenskünstler«, so haben sie mich genannt. Bilder von Toten, von Sterbenden, die ranzig, undicht und grau werden. Kinder, Alte, Fremde. Totgefahren, totgesoffen, totgeschlagen. Ich habe die Bilder an Häuserwände geklebt. »Ekelkunst« hätte ich gemacht, so nannte es die ach so empfindsame Boulevardpresse. Habe aus Marzipan nachgeformte, abgeschlagene Gliedmaßen unter

Vakuumverpackung in die Tiefkühltruhe im Supermarkt gelegt. Meine Selbstmorde, inszeniert, wieder und wieder, auf Film verewigt, es lief in zig Museen, im MoMa, in der Tate, im Mori Art.

Damien Hirst: mein Kopist. Diamantschädel ... wie billig!

Ich habe dagegen in Särgen geschlafen, in Plexiglasvitrinen, auf Dorfplätzen und in Bahnhofshallen. Habe öffentlich meine eigene Trauerrede gehalten. Habe Nachrufe verfasst, oder Nachrufe auf noch Lebende und sie ihnen zugesandt; produzierte unglaublich viele Zivilklagen wegen seelischer Grausamkeit. Weil ich zu aufdringlich an unsere Natur erinnert habe, die Natur des Menschen. Und schließlich: weil ich das Recht auf den eigenen Tod gefordert habe, als Menschenrecht, im Grundgesetz verankert, und da hielten sie mich für völlig schwachsinnig.

Ich wollte immer, dass man sich erinnert. Dass wir mit dem Tod rechnen müssen. Jeder. Jede. Wollte zeigen, dass er das Verlässlichste im Leben darstellt und keine Überraschung ist. Ich wollte, dass wir endlich beginnen, unsere Sterbenden gut zu behandeln, und nicht mit Ekel, Scham und Schweigen.

»Das ist doch dieser ...«, sagt jetzt der Staatsanwalt, es graut ihm, meinen Namen zu nennen.

Sag's doch. Dieser Mann, der ständig daran erinnern wollte, dass wir unsere Toten bedenken und betrauern müssen. Und dass wir sie nicht abschieben in Hospize, ins Fernsehen. Ich bin ... ach, nein: Ich *war* der Spaßverderber.

»Sieht diesmal aber nicht so aus, als ob er nur so tut«, knurrt der alte Polizist, wahrscheinlich Kommissar, ständig überarbeitet, ich bin vermutlich sein 30. Fall in dem Quartal.

»Versehentlicher Selbstmord«, bibbert der junge Polizist mit dem Franzbrötchen.

»Wäre ich mir nicht so sicher«, raunzt der Alte. »Oder siehst du hier irgendwo einen Tritt? Oder einen Hocker?«

»Soll ja Kunst gewesen sein, was der gemacht hat.«

»Das war keine Kunst, das konnte weg. Sieht man doch.«

Sie lachen.

Es dauert, bis sie mich runternehmen.

Sie reden derweil über meine Frauen – »die stehen eben auf Geld, egal wie einer aussieht« –, über meine Drogen – »der hat schon zum Frühstück gesoffen, der soll zuletzt mit elf Jahren nüchtern gewesen sein« – und über meine letzte Ausstellung: »Widerlich, der hat tote Augen fotografiert und toten Kindern Masken abgenommen« und »um so einen ist es nicht schade.«

Irgendwann denkt jemand an die Kamera. Bis dahin wurde bereits alles übertragen, alles, was beim Aufräumen nach dem Tod eben so passiert. Inklusive Ton.

Jetzt schweigen sie. Sie schämen sich nicht, es ist ihnen nur peinlich, erwischt worden zu sein.

»Die IP läuft über einen Hostprovider in Holland, dann weiter über DomRep, Ukraine ... den kriegen wir nicht, der sich hier die Bilder streamt«, meint einer der Techniker, er hat sich das Proxy-Protokoll angeschaut. Mein heimlicher Zuschauer könnte nebenan sitzen, aber dank des ach so freien Internets ist es unfassbar leicht für Verbrecher, ihre digitalen Fußspuren zu verwischen.

»Wieso wissen wir eigentlich, dass er hier hängt?«, fragt endlich einer der nicht ganz so verlotterten Polizisten, einer, der sich nicht beteiligt hat an meiner Leichenfledderei.

»Anonymer Anruf«, sagt der Franzbrötchenkotzer. »Klang wie vom Band«, meint er noch, aber es hört niemand so richtig zu, weil sie sich nun auf den Zettel konzentrieren.

Irgendetwas juckt auf einmal in dem Nebel über meiner Erinnerung. Vom Band, vom Band.

»›1‹, wie ›1 und o‹? Ein Code? Ein Computercode?«

»Der Beginn einer Serie«, vermutet der besorgte Staatsvertreter. »Wenn wir einen zweiten Kunstheini finden, haben wir ein Problem. ›Anschlag auf die Kultur‹, ›Serienmord an Künstlern‹.«

»Ich dachte immer, Künstler können nur, wenn sie keine Kohle haben? So ein Boss-Anzug ist ja nicht billig. Wem gehört der eigentlich jetzt?«

»Pst. Das Mikro.«

»Haben wir vorhin deaktiviert.«

»Ich glaube, er hat seine Millionen an eine Stiftung vererbt. War doch mal ein Riesenartikel.«

»Da hätten wir doch ein Motiv.«

Drei Monate später, als sich die Aufregung um mich gelegt hat und andere Stars der Kunstszene – ganz natürlich und deshalb weit weniger spektakulär – gestorben sind, wissen sie immer noch nicht, wer mich ermordet hat. Ab und an tauche ich in den Nachrichten auf, wie ein Wiedergänger, wie Michael Jackson.

Noch einmal drei Monate später wird das Video meines Sterbens und Verwesens, meines Auffindens und Verwaltetwerdens, an alle wichtigen Museumsdirektoren, Feuilletons und den dafür extra freigeschalteten YouTube-Kanal gesendet.

»Der Sterbenskünstler ist zurück – unsterblich«, titelt eine Zeitung. Andere fallen mit ein. Wie die Wölfe. Fängt einer an zu heulen, machen alle mit.

In einer dieser merkwürdigen Fernsehsendungen, bei denen man das Gefühl hat, es sitzen immer reihum dieselben zehn, zwölf Leutchen da, sagt einer schließlich: »Wenn es nicht so verrückt wäre, könnte man denken, er hat's genau so geplant.«

Inzwischen hat sich der Schnee in meiner Hirnschale gelegt. Ich erinnere mich an jede Sekunde meines Lebens. Es war verrückt, es war eine einzige rauschende Gothic-Party, es war ein Leben, dem Tod gewidmet.

Und ich erinnere mich ganz und gar an mein Sterben. Wie ich mich selbst hochgezogen habe. Man bricht sich übrigens dabei nicht das Genick. Es ist so, dass eine Schlagader zum Gehirn abgeklemmt wird und man an geplatzten Blutgefäßen zwischen den Ohren zugrunde geht.

Es ist die perfekte Installation.

Es ist der perfekte Mord – ein Selbstmord, der als solcher niemals erkannt werden wird und auf ewig ein Rätsel und ein Stachel im Bewusstsein dieser pervertierten, satten, selbstblinden Gesellschaft sein wird.

Ja, mein Tod ist mein bestes Werk.

Nur leider habe ich mich in diesem Bastard absolut getäuscht. Was auch immer Sie sich vorstellen, was nach dem Sterben passiert – Wiederauferstehung, zweiundsiebzig nackte Jungfrauen oder drei niemals enden wollende Sahnetorten buhlen um Ihre Gunst: Vergessen Sie es.

Es ist ganz anders. Es ist schlimmer.

Norbert Horst

Vier Elemente Tod

»Leiche, Internet, Webcam, ich habe keinen Schimmer, wovon du redest, Schröder.« Kriminalhauptkommissar Paul Kracht stiefelte hinter seinem jungen Kollegen durch die Sicherheitstür. Die klimatisierte Kühle der Einsatzleitstelle legte sich bei der Augusthitze angenehm auf die Haut. Um einen der acht Tische stand eine Gruppe Kollegen, starrte auf den mittleren der drei Bildschirme, und Kracht sah, was gemeint war.

Von der Decke eines riesigen Raumes, der wie eine leere Fabrikhalle mit Säulen aussah, hing der leblose Körper eines Mannes. Er hatte langes, weißes Haar, einen weißen Bart und war nackt, bis auf ein Schild, das an einer Schnur um seinen Hals hing und auf dem eine schwarze »1« zu sehen war. Kracht ging näher an den Monitor heran. Die Leiche baumelte kaum merklich, das einzige Indiz dafür, dass es kein Foto war, denn sonst bewegte sich nichts in dem Bild.

»Was soll der Blödsinn?«, fragte Kracht in die Runde.

Die junge Kollegin, die am Wachtisch saß, rief auf einem anderen Bildschirm eine Datei auf.

»Um elf Uhr vierzehn, also vor ner guten Viertelstunde, kam diese E-Mail in unserem Postfach an.«

Sie öffnete die Mail, und Kracht las laut: »Meine Damen und Herren der Polizei, hier meine Botschaft: www.vier/elemente/tod-1.com. Und das ist erst der Anfang. Denn der Tod ist ein großer Künstler. Wenn Sie schnell sind und klug, können Sie ihn aufhalten, denn er ist vor Ihrer Tür. Und Sie werden ein Teil davon sein.«

»Ich habe den Link natürlich nicht sofort angeklickt, sondern die Seite aus Sicherheitsgründen auf unserem externen freien Rechner aufgerufen, und dann kam das hier.« Sie zeigte wieder auf den mittleren Bildschirm. »Und da sah es schon genauso aus wie jetzt, er hat am Anfang vielleicht ein bisschen mehr gebaumelt.«

Alle Blicke waren auf den erhängten nackten Weihnachtsmann gerichtet.

»Scheiße.« Schröders Tonfall war so dramatisch, dass alle sich umdrehten. Er saß an einem Rechner am Nebentisch und zeigte auf seinen Bildschirm.

»Ich hab's einfach mal probiert. Das hier bekommt man unter ›vier/elemente/tod-2‹.«

Alle wechselten den Standort und sahen jetzt das Bild eines Mannes, der in einem riesigen durchsichtigen Behälter saß, welcher bis über seinen Kopf ragte. Der Mann war jünger, ebenfalls nackt, an den Stuhl geketet und hatte um den Hals ein Schild mit einer großen schwarzen »2«. Vor dem Behälter stand ein eingeschalteter kleiner Fernseher mit zur Kamera gewandtem Bildschirm und gab der Szene etwas Bizarres, fand Kracht. Der Tonfall Schröders war aber durch etwas anderes zu erklären. Aus einem Schlauch floss von oben Wasser in den Behälter, in einem fadendünnen Rinnsal nur, aber es stand dem Mann schon bis über die Knöchel.

»Da macht sich doch einer nen Scherz.« Kracht sagte es, ohne den Blick vom Bildschirm zu lösen. »Das ist doch ein verdammter Scherz, das ist doch nicht echt.«

»Ich glaub schon, dass das echt ist.« Hanke, der Dienstgruppenleiter, tippte mit einem Kugelschreiber auf den kleinen Fernseher im Bild und zeigte dann auf den großen Flachbildschirm, der in Blickrichtung an der Wand hing. Die Bilder waren identisch. »Da läuft das aktuelle ARD-Programm. Was wir da sehen, ist live.«

Einen Augenblick lang sagte niemand etwas, im Hintergrund war nur das Einsatzgeschäft der Leitstelle zu hören. Schröder ersetzte wortlos in der Adresszeile die 2 durch eine 3, blickte einmal kurz in die Runde und drückte auf »Return«.

Es erschien ein Bild, das dem vorherigen ähnelte, nur dass dieses Mal eine nackte Frau gefesselt in einem durchsichtigen Behälter saß. Der andere Unterschied war das Element, denn es floss kein Wasser in das Becken, sondern wie in einer riesigen Eieruhr rieselte von oben Sand herab – und zwar aus einem spitz zulaufenden Spender, der sich ein wenig bewegte und den Sand verteilte.

»Das wird auch live sein«, sagte Kracht, »auch wenn er dieses Mal auf den Fernseher verzichtet hat.« Er schüttelte den Kopf. »Wer ist heute Polizeiführer?«

»Frau Niederbrink, ist schon informiert«, sagte Hanke.

Kracht nickte zustimmend. Er kannte Carola Niederbrink seit der Polizeischule. Er wusste noch nicht, was er von der Sache halten sollte, aber wenn dieser Irrsinn ernst gemeint war, hatte man besser keinen von den Pappnasen an der Spitze.

Schröder hatte an seinem Rechner inzwischen »vier/elemente/tod-4.com« aufgerufen, und dieses Bild erinnerte Kracht im ersten Moment an das Indianerspielen in seiner Kindheit. Diesmal war es wieder ein nackter Mann, der im Schneidersitz an einen Pfahl gefesselt war. Ihre Dramatik bekam die Szene aber durch etwas anderes, denn der Mann saß auf einem Haufen aufgeschichteten

Holzes, und in geringem Abstand davon brannte eine dicke Kerze, aus der auf halber Höhe so etwas wie eine Zündschnur heraushing, die mit dem Scheiterhaufen verbunden war.

Das schnarrende Geräusch des Türöffners war zu hören, und Kriminaldirektorin Carola Niederbrink kam herein. Sie ließ sich von Hanke kurz die Lage erklären und sah sich dann nacheinander die Bilder auf den Monitoren an.

»Wer hat noch so eine Mail bekommen?«

»Wahrscheinlich niemand«, sagte Hanke. »Wir haben schon alle anderen Behörden im Lande angemailt und bisher noch keine positive Rückmeldung, wir sind die Einzigen. Es ist also sehr wahrscheinlich, dass diese vier Orte irgendwo in Dortmund liegen.«

»Was halten Sie davon, Herr Hanke?«

Hanke zuckte nur mit den Schultern. »Ich hab Sie ja nicht umsonst angerufen, Chefin.«

Sie nickte und sah Kracht an.

»Und du, Paul. Was meinst du?«

»Völliger Irrsinn, das Ganze. Die Verrückten werden eben nicht weniger, aber wir werden es ernst nehmen müssen, was sonst.«

»Das denk ich auch«, sagte sie. »Und dann werden wir die Sache mal hochfahren. Du übernimmst den Abschnitt Ermittlungen?« Wieder sah sie Kracht an.

»Eigentlich feiert heute Abend meine Oma Geburtstag, und vorher haben wir Sitzung vom Zinnsoldatenkolorierverein.«

Sie schloss die Augen, schüttelte den Kopf und lächelte. »Danke. Ich informiere mich noch kurz, und wir treffen uns in fünf Minuten zur Besprechung.«

Kracht wandte sich an Schröder, der immer noch zwischen den einzelnen Bildschirmen hin- und herschaltete. »Okay, Schröder. Such dir unten erst mal vier von unseren Leuten, wer, ist mir egal, wichtig ist nur, dass Daniela dabei ist. Ich habe irgendwie das Gefühl, es könnte günstig sein, jemanden im Team zu haben, der mehr von diesen Scheißcomputern versteht als ich.«

»Dann kann ich ja eigentlich jeden nehmen«, sagte Schröder und griente.

Kracht schlug ihm leicht auf den Hinterkopf und ging zur Besprechung.

Eine Stunde später traf Kracht im Ermittlungsraum auf die Truppe, die Schröder zusammengesucht hatte. Daniela Liebeskind war auch dabei. Sie war das Küken im Kommissariat, aber ein Freak, was Computer und das Internet anging, auch wenn sie die Figur einer Marathonläuferin hatte und Pizza hasste. Alle saßen vor einem Bildschirm, vor Daniela Liebeskind standen zwei.

»Okay, Leute.« Kracht nahm auf einer Tischkante Platz, und alle wandten sich ihm zu. »Bevor ich meinen Senf dazu gebe, was meint ihr?«

»Tja, wo sind die Orte, das ist die Frage?«, begann Schröder. »Es liegt nahe, dass wir mit der 1 beginnen, schon deshalb, weil diese Adresse als Einzige in der Mail genannt wird, und wir auf die anderen erst mal kommen mussten, vor allem aber, weil es die einzige Örtlichkeit ist, bei der man möglicherweise die Chance hätte, auch nur ansatzweise etwas zu erkennen. Man kann durch dieses Fenster hier hinten den Himmel sehen. Die Fenster links sind nicht im Bild, aber durch den Lichteinfall auf dem Boden um diese Uhrzeit ist klar, dass dort

Westen ist und dass wir deshalb mit der Kamera durch dieses Fenster nach Norden schauen. Thorsten hat mal eine Berechnung angestellt.« Schröder zeigte auf eine Skizze am Whiteboard. »Wenn wir schätzen, dass die Füße der Leiche dreißig Zentimeter vom Boden entfernt sind, steht die Kamera auf irgendetwas, das vielleicht einen Meter hoch ist, wahrscheinlich ein Stativ. Der Fenstersims, den wir sehen, ist offensichtlich niedriger, und da man durch dieses Fenster weder Bäume noch Häuser erkennen kann, ist das in Dortmund fast nur möglich, wenn dieser Raum mindestens in der fünften Etage liegt.«

»Das kann man berechnen?« Kracht schob die Unterlippe vor.

»Tja, Mathe-Leistungskurs zahlt sich doch irgendwann aus. Wenn wir allerdings ein wenig vor die Tore ins Bergische Land gehen und das Haus auf einer Anhöhe steht, dann können wir das alles vergessen.« Schröder zuckte mit den Schultern. »Der einzige Ermittlungsansatz, der sonst so auf den ersten Blick auffällt, sind die beiden riesigen Behälter bei Nummer 2 und 3, so was kriegt man sicher nicht im Baumarkt. Ansonsten kann man noch nicht viel sagen, nur, dass bis auf den Toten alle anderen Opfer aussehen, als seien sie sediert oder unter Drogen. Sonst noch was, Leute?«

»Ja.« Daniela Liebeskind hatte sich schon seit geraumer Zeit wieder ihren Monitoren zugewandt. »Ich habe mal nebenbei ein paar Berechnungen angestellt, denn wir betrachten das ja jetzt seit gut einer Stunde, und die Reihenfolge ist nicht umsonst so gewählt. Nummer 1 ist tot, da besteht keine Eile, aber bei Nummer 2 könnte es schon im Laufe des Abends relativ eng werden, bei

Nummer 3 ist es nicht ganz so einfach, aber sie hat sicher mindestens zwei Stunden länger Zeit. Und bei dem Mann auf dem Scheiterhaufen ist es sehr schwer zu sagen, er kriegt wahrscheinlich als Letzter den Arsch gebraten.«

»Kann man den Scheiß nicht einfach abschalten, damit wir wenigstens ohne Publikum arbeiten können?«, fragte Kracht.

»Nee, so ohne Weiteres nicht«, sagte Daniela Liebeskind, »erst mal kann man die Adressen verschleiern, was er getan hat – und wenn dann noch der Server irgendwo in Sambia oder der Ukraine steht, wird es fast unmöglich, da irgendwie ranzukommen. Ich bin aber weiter dran.«

»Das heißt, jeder kann sich das ansehen, weltweit?«

»Genau das heißt es.« Sie nickte kurz. »Und so wie die Nummer aussieht, soll das auch so sein, denk ich, denn wenn man ›Vier Elemente Tod‹ googelt, bekommt man eine ganze Reihe Treffer und in einigen Foren ist es auch schon.«

»Scheiße«, sagte Kracht und nahm sich einen Stuhl. »Dann wollen wir mal hoffen, dass die Medien stillhalten.«

»Dafür ist es schon zu spät.« Keiner hatte Carola Niederbrink kommen hören. Sie war jetzt in Uniform und blieb in der Tür stehen. »Nur ganz kurz zur Info für euch: Wir waren nicht die Einzigen, denen diese Adresse mitgeteilt wurde. Wir hatten in der letzten halben Stunde zwei Anfragen von unseren lokalen Medien, wie fast alle Behörden im Land von ihren vor Ort, es wissen also alle davon. Was sie nicht zu wissen scheinen, ist, dass es in Dortmund ist und dass wir dran sind. Ich will keinen Druck machen, Leute, aber ...« Sie ging.

Paul Kracht besprach mit seiner Mannschaft die nächsten Aktionen und verschwand danach in seinem Büro, um die nötigen Meldungen zu schreiben, Telefonate zu führen und noch ein paar Leute anzufordern.

Wie viel Zeit vergangen war, merkte er erst, als Schröder anrief und er von seinem Fenster aus sah, dass die ersten Autos das Licht eingeschaltet hatten.

Im Raum der Ermittler herrschte gedämpfte, konzentrierte Geschäftigkeit. Die Bilder auf den Monitoren hatten sich verändert. Das Wasser reichte Nummer 2 jetzt bis an den Unterbauch, und auch bei Nummer 3 waren die Beine kaum noch zu sehen. Schröder teilte Kracht die Ergebnisse der letzten anderthalb Stunden mit. Es gab keinen Vermissten, dessen Beschreibung auf den Erhängten passte, und bei der Netzadresse waren sie auch noch nicht weiter.

»Aber wir haben in einem Forum einen möglicherweise entscheidenden Hinweis gefunden, dass es eine Aktion von Bonifatius von Graf sein könnte. Das ist in Kunstkreisen ein ziemlich berühmter und sehr umstrittener Performancekünstler und bekannt für solche Aktionen. Seinen Aufenthalt und sein aktuelles Aussehen kennt keiner, weil er seit Jahren nur mit Maske auftritt und einige Aktionen auch strafrechtliche Folgen haben könnten.«

»Performancekünstler?«, fragte Kracht. »Sind das nicht die, die sich beim Kacken filmen und das für Kunst halten?«

»So ähnlich. Aber bei von Graf geht es immer um Verletzung und Tod, das sind seine Themen. Zwei seiner bekanntesten Nummern hat er im asiatischen Ausland machen müssen, weil es hier in Europa zu strenge Tier-schutzgesetze gibt. *Die Blutdusche* zum Beispiel, da hat er ein Schwein an den Beinen aufgehängt, abgestochen und sich druntergestellt, und beim *Bett des Todes* hat er eine Kuh live schlachten und ausnehmen lassen und sich in die Bauchhöhle gelegt. Beides bei Ausstellungen in China. Trotzdem hatte er auch dort immer diese weiße Maske auf.«

»Und das ist Kunst.«

»Jedenfalls wird es so angesehen«, sagte Daniela Lie-beskind, »und nicht nur das, er scheint auch fast wie ein Guru verehrt zu werden. Einige seiner Jünger leben sogar bei ihm, heißt es. Und jetzt wird es interessant, denn sieh dir mal an, wie der Spinner aussieht.«

Sie öffnete auf ihrem Monitor ein Bild, auf dem ein nackter Mann blutüberströmt unter einem an der Decke hängenden Schwein stand. Das Blut bildete nicht nur einen kräftigen Kontrast zur weißen Maske, sondern auch zum langen weißen Bart und zu den weißen Haa-ren.

»Der sieht ja aus wie unser Erhängter.«

»Genau«, sagte Schröder, »nur mit Maske, könnte also echt was dran sein an der Künstlergeschichte. Ob er es allerdings selbst ist oder ob die Ähnlichkeit zur Aktion gehört, wissen wir nicht.«

»Ist mir auch völlig egal. Ich möchte, dass sich zwei Leute um diese Spur kümmern. Irgendwo muss der ja wohnen und einen Pass haben und seinen Strom bezah-len. Und bei dem ersten Ort, gibt es da was Neues?«

»Nein. Vorhin war durch das einzig sichtbare Fenster ein Verkehrsflugzeug zu sehen, aber das könnte überall sein.«

»Jetzt, wo es dunkel ist, hätte noch die Chance auf irgendeine besondere Lichtquelle von außen bestanden, eine rote Leuchtreklame oder so«, sagte Ebach, »denn wir wissen ja, dass durch die Fenster Licht einfällt. Aber wie man sieht, ist da offensichtlich nichts Helles in der Nähe.«

»Aber wartet mal einen Moment.« Schröder legte den Zeigefinger an die Lippen und sah zur Decke. Alle schauten ihn an, aber er brauchte ein paar Sekunden. »Das ist doch die Chance. Wir lassen durch die Fenster Licht einfallen. Wir basteln uns eine Lichtquelle, irgendwie, mit Silvesterraketen, oder so was.«

Jetzt brauchten alle anderen einige Sekunden.

»Oder diese Leuchtspurdinger von der Bundeswehr, die sind noch heller«, meinte Ebach.

»Könnte klappen«, sagte Kracht und machte sich auf den Weg zu Carola Niederbrink.

Zwei Stunden später waren alle Beschlüsse unter Dach und Fach, der Flughafen informiert und die Punkte in der Stadt besetzt, von denen aus die Leuchtspurmunition abgeschossen werden sollte. Die Show konnte beginnen.

»Dann wollen wir mal beten, dass es klappt.« Carola Niederbrink starrte wie alle anderen auf den Bildschirm mit der Nummer 1. Der Druck wurde immer größer, weil nicht nur die ersten Fernsehsender sich entschlossen hatten, die Sache zu bringen, bevor sie vorbei war, auch für Nummer 2 wurde es allmählich eng, denn das Wasser reichte dem Mann mittlerweile bis zur Brust.

»Wir beginnen im Osten.« Kracht gab per Handy das Signal für den ersten Schuss. Alle glotzten auf den Bildschirm, einige kniffen die Augen ein wenig zusammen, aber es war keine Veränderung zu erkennen. Auch beim zweiten und dritten Schuss von anderen Standorten nicht.

»Vergiss es!« Ebach wandte sich als Erster ab. »Der kann auch in Kathmandu hängen.«

Kracht wartete eine gewisse Zeit ab, sprach die sechste Aufforderung in sein Funkgerät und fixierte den Monitor, aber Schröder konnte auch diesen Punkt auf der Karte abhaken. »Team sieben. Jetzt.«

Er hatte es kaum gesagt, als einige leise Begeisterungsrufe zu hören waren, denn auf dem Bildschirm war zu erkennen, dass der Raum schwach in einem milchigen Licht aufleuchtete. Daniela Liebeskind ließ die Aufzeichnung noch einmal laufen.

»Ja, eindeutig, und es kommt von rechts.« Schröder machte ein dickes Kreuz auf die Karte und schraffierte den Bereich westlich davon. »Hier irgendwo muss die Hütte stehen.«

Kracht dirigierte das Team näher an den Bereich heran, und als ein paar Minuten später eine weitere Leuchtspur abgeschossen wurde, erhellte sie den Raum deutlicher.

»Es muss jetzt westlich von euch sein, seht ihr irgendwas Hohes, das infrage käme? Das war so hell, ihr müsstet ganz in der Nähe sein.«

»Ja, hier sind zwei Objekte. Wir sind schon unterwegs.«

Kracht schickte mehrere Wagen zur Unterstützung zu zwei alten Fabriken. Minuten später war am Funk zu hören, wie die Kollegen im ersten Gebäude die Etagen nacheinander durchsuchten. Vor der letzten Etage, der sechsten, war Schluss, und es wurde hektisch am Funk.

»Wir brauchen den Schlüsseldienst, wenn's geht, schnell!«

»Unterwegs«, kam als letzter Funkspruch, dann war es für Minuten still.

»Team sieben, wie sieht es aus?«, fragte Kracht nach einer Weile, aber nichts tat sich.

»Team sieben?«

Wieder war nur ein Rauschen zu hören.

»Da sind sie.« Schröder zeigte auf den Bildschirm, auf dem von rechts Polizisten ins Bild kamen.

»Wunderbar«, sagte Kracht fast zärtlich ins Funkgerät. »Und seid ein bisschen vorsichtig wegen der Spuren, aber vor allem, hängt endlich die Scheißkamera zu, denn ihr seid jetzt weltweit auf Sendung.«

Sekunden später wurde der Bildschirm mit der Nummer 1 schwarz. Kracht und alle anderen warteten ein paar Sekunden, dann verlor er die Geduld.

»Und? Gibt es irgendeinen Hinweis, Leute? Irgendwas zu den anderen Orten? Verdammt, lasst uns hier nicht dumm sterben!«

»Hier steht ein Rechner, und auf dem Desktop ist nur eine Videodatei. Sollen wir die starten?«

»Welche Wahl haben wir denn? Natürlich, wir haben keine Zeit.«

»Okay«, sagte der Kollege am Funk, dessen Namen Kracht nicht kannte. »Da sitzt ein Typ mit weißer Maske irgendwo am Strand, ich lass euch mal mithören.«

»Ich gratuliere, meine Damen und Herren der Dortmunder Polizei, und ich hoffe, Sie waren rechtzeitig am Ort. Für mein Vorhaben ist das von geringer Bedeutung, wie Sie vielleicht verstehen. Aber ich will nicht weiter Ihre Zeit vergeuden. Hier meine zweite Botschaft: Folgen Sie dem Element und folgen Sie der Ziffer, denn die ist dort unübersehbar. Viel Erfolg.«

»Das war's«, war wieder die Stimme des Kollegen zu hören. »Mehr kommt nicht. Und was machen wir mit dem Scheiß?«

Kracht blickte in die Runde. Das Wasser berührte mittlerweile das Kinn von Nummer 2. »Das Arschloch. Folgen Sie dem Element? Wasser, oder was?«

Schröder verzog das Gesicht. »Wasser in Dortmund?«

»Das kann nur der Hafen sein.« Daniela Liebeskind hatte die Ansicht von Dortmund auf ihrem Monitor schon aufgerufen und zoomte den Hafen näher heran.

»Er kann nur den Hafen meinen, ja, was sonst«, sagte Kracht. »Dann los, bis auf Daniela und Ebach fahren alle mit raus.«

Minuten später jagte Schröder die Gänge des Zivilwagens bis an die Drehzahlgrenze. Paul Kracht dirigierte auf dem Beifahrersitz per Handy und Funk alle Kräfte zum Hafen und nahm mit einer Karte auf den Knien eine erste Einteilung der Wagen vor. Daniela Liebeskind hatte durchgegeben, dass Nummer 2 bald nur noch durch die Nase atmen könne.

Schröder hatte den Wagen drei Minuten durch die engen, dunklen Gassen des Hafens gelenkt, als ein Streifenwagen über Funk zwei Straßen weiter einen alten Schuppen mit einer riesigen Graffito-»2« meldete.

Als Kracht dort eintraf, hatten die Kollegen schon ein Abschleppseil um den Riegel des schweren hölzernen Tores gelegt. Sie befestigten es an der Abschleppöse des Wagens, und mit einem Splittern flog einer der Flügel auf und gab den Blick frei auf das bizarre Szenario.

Kracht war überrascht, wie riesig der Behälter wirkte, wenn man davorstand.

»Wir brauchen eine Leiter, schnell, oder einen Stuhl und einen Eimer oder so was.«

Nummer 2 musste mittlerweile den Kopf in den Nacken legen, aber auch dann atmete er bereits etwas Wasser ein und vermied ein Husten nur mit Mühe.

»Ihr bietet übrigens ein wunderbares Schauspiel, Leute, denkt mal an die Kamera«, war Daniela Liebeskinds Stimme zu hören. Schröder erledigte das Problem mit einem Tritt.

Eine der jungen Kolleginnen hatte nach ein paar Augenblicken eine große alte Dose in ihren Händen, und weil kein Stuhl zu finden war, machte ein Zweiter die Räuberleiter. Den kleinen Schlauch, der von der Decke hing, riss sie sofort herunter, aber erst als sie sich mit dem Bauch auf den Rand des Beckens legte, erreichte sie mit der Dose das Wasser und schöpfte endlich etwas ab.

Schröder hatte auf dem Rechner, der auf dem Boden stand, wieder ein Video vorgefunden und startete es, als Paul Kracht neben ihn trat. Jetzt sah er den Mann zum ersten Mal. Er hatte tatsächlich eine deutliche Ähnlichkeit mit dem Toten aus der Fabrik, trug ein langes Gewand und befand sich offenbar irgendwo im Süden an einem Strand. Schröder hielt das Funkgerät an den Lautsprecher, damit alle mithören konnten.

»Bravo zum Zweiten, meine Damen und Herren.« Er klatschte demonstrativ. »Meine dritte Botschaft: Wir rauben es dem Dritten, aber es braucht das Vierte, um Neues entstehen zu lassen. Wie gut, dass der Drache, der das Pferd gefressen hat, so viel von diesem Vierten hat, denn hier ist das alles lange Vergangenheit.«

»Guck dir dieses bräsige Arschloch an! Der findet sich auch noch ganz super bei dieser kindischen Geheimnistuerei«, schimpfte Paul Kracht. »Also, wir rauben es der Erde, und es braucht Feuer, um Neues entstehen zu lassen, und ...«

»Es ist das Gelände der alten Westfalenhütte«, funkte Carola Niederbrink dazwischen, »die ist doch nach China verkauft worden. Der chinesische Drache, der das Westfalenross gefressen hat. Eine Hundertschaft ist schon unterwegs.«

Die Polizeiführerin hatte nicht nur in wenigen Stunden eine Hundertschaft zur Nachtzeit organisiert, auch alle verfügbaren Diensthunde waren schon da, als Kracht dort eintraf. Aber nicht nur die. Bei der ersten Befreiungsaktion hatten ein paar Reporter Dortmunder Polizisten erkannt und waren nun auf der Fährte der Polizei, denn wenn jetzt zur Nachtzeit eine Hundertschaft mit Blaulicht durch eine Großstadt rauschte, war das nicht geheim zu halten.

Kracht und Carola Niederbrink nahmen eine schnelle Einteilung vor und konzentrierten sich zunächst auf die wenigen alten Gebäude, die noch auf dem riesigen Gelände standen. Schröder ließ seit geraumer Zeit auf seinem Smartphone das Bild von Nummer 3 mitlaufen. Der Sand reichte der Frau etwa bis zum Mund, ein paar Minuten hatten sie also noch.

»Ich will nicht hetzen, Leute, aber irgendwas scheint da schiefzulaufen.« Daniela Liebeskinds Stimme wirkte am Funk noch dünner. »Denn wenn ich das richtig sehe, fängt bei Nummer 4 grad die Zündschnur an zu brennen. Zwar sehr langsam, aber sie brennt.«

Schröder hatte das Bild schon geladen und sah, dass sie recht hatte. Sprühend wie eine Wunderkerze, nur etwas langsamer, brannte die graue Schnur ab.

»Was soll das denn?«, rief Kracht. »Will der uns verarschen?«

»Vielleicht hat er sich auch nur verrechnet.«

»Wir haben sie!«, kam eine Stimme aus dem Funk. »Wir haben die Sandfrau. Der Hund hat sie gefunden. Das erste Gebäude im Quadrat C3, im Keller.«

Schröder und Kracht brauchten zwei Minuten, um dort zu sein und gingen sofort zum Rechner. Die Zündschnur bei Nummer 4 hatte den Scheiterhaufen fast erreicht. Kracht forderte alle zum Mithören auf und hielt das Funkgerät an den Lautsprecher.

»Mein Kompliment, meine Damen und Herren. Hier die letzte Botschaft: Wo Wasser ist, kann auch Feuer sein. Folgen Sie der Ziffer, aber Sie müssen die Zeichen wechseln.«

Am Scheiterhaufen züngelten die ersten kleinen Flammen aus den dünneren Zweigen, die unten lagen.

Alle schauten sich an.

»Wo Wasser ist, kann auch Feuer sein ...« Schröder sah Kracht an. »Wieder der Hafen?«

»Ich glaube ja.« Aus der Gruppe der umstehenden Polizisten kam ein blonder Jüngling nach vorn, den Kracht schon im Schuppen von Nummer 2 gesehen hatte. »Im Hafen in einer Nebenstraße vom Schuppen, in dem der Typ in dem Wasserbecken saß, hab ich vorhin ein Gebäude mit ner großen römischen Vier gesehen, auch als Graffito.«

Kracht gab die Info sofort der Leitstelle durch, die mehrere Wagen schickte, die näher dran waren. Sie rannten zum Auto und fuhren los. Auf Schröders Smartphone war zu sehen, dass inzwischen die Hälfte des Scheiterhaufens brannte und die ersten Flammen Nummer 4 erreicht hatten. Man sah dem Mann an, dass er Schmerzen hatte, und er schien zu schreien. In diesem Augenblick schoss von rechts der weiße Strahl eines Feuerlöschers ins Bild. Als sich der Staub verzogen hatte, waren keine Flammen mehr zu sehen. Dann wurde das Bild schwarz.

Paul Kracht stand zwei Tage später mit einer Tasse Kaffee am Fenster des Geschäftszimmers und sah aufs Westfalenstadion. Es klopfte, und Carola Niederbrink kam herein.

»Na, mein Lieber, hast du dich erholt?«

Er drehte sich um, setzte sich und nahm einen Schluck Kaffee.

»So schlimm war's auch nicht, obwohl wir so einen Verrückten noch nicht hatten.«

»Gibt's was Neues?«

»Ich weiß ja nicht, was du schon weißt. Die drei Leute haben das freiwillig gemacht, sie waren so was wie Jünger dieses Spinners. Nummer 1 hat sich wahrscheinlich selbst erhängt, wobei es vielleicht ne Rolle gespielt hat, dass er laut Obduzent einen lebensbedrohenden Tumor hatte, der im nächsten halben Jahr zum Tode geführt hätte.«

»Wie geht's dem Verletzten?«

»Verbrennungen zweiten Grades an den Beinen, aber alles nicht so wild.«

»Tja, unglaublich ... Und Dortmund, weil von Graf hier geboren wurde, oder?«

»Wahrscheinlich. Wir waren Teil einer Kunstperformance, hat er doch gestern in seiner letzten Videobotschaft gesagt. Und die Welt hat zugesehen, es wird für alle Zeiten im Netz verewigt sein, so wie er es wollte.«

»Er wird wahrscheinlich nie wieder nach Deutschland kommen, aber wenn wir ihn hätten, bliebe nicht viel mehr als Missbrauch von Notrufen übrig.«

Schröder kam herein, grüßte kurz, setzte sich und packte sein Essen aus.

»Ist das deine neue Diät, Schröder?«, fragte Kracht.

Schröder überlegte einen Moment.

»Nein, das ist Currywurst, Pommes rot-weiß. Und weißt du was? Ich finde, das sieht verdammt so aus wie vier Elemente Leben.«

Thomas Kastura
Todesarten

Der Typ ist in keinem guten Zustand.

Nun stellen Leichen, die aufgeknüpft von der Decke hängen, für mich generell keinen erfreulichen Anblick dar. Und um sieben Uhr morgens, mit nichts als drei Kippen im Bauch, finde ich sie besonders zum Kotzen.

Aber das Kotzen hab ich mir abgewöhnt. Verschwendung. Bringt niemandem was. Am Ende hält man mich noch für zartbesaitet. Als würden mich die Toten dieser Welt irgendwie beeindrucken.

Tun sie aber nicht. Die sind nur tot.

Ich nehme einen Aufwachwhisky aus dem Flachmann. Der Edelstahl verfälscht den Geschmack. Trotzdem schmecke ich Seetang und Vanille und natürlich Torfrauch. Caol Ila, richtig gutes Zeug. Macht müde Privatdetektive wieder munter.

»Okay, bin vor Ort«, spreche ich in mein Headset und streife Einweghandschuhe über.

»Die Bullen sind bald da«, erwidert Lucille über eine abhörsichere Verbindung. »Du hast zehn Minuten.«

»Dräng mich nicht.«

»Du kennst den Auftrag, Ralfie. Wir brauchen das Geld.«

Gewissenhafte Lucille. Gierige Lucille. Wenn sie mich nicht antreiben würde, hätte ich schon längst alles hingeschmissen. Die einzige Frau, der ich ernsthaft was bedeute. Sie drückt ihre Zuneigung am liebsten in Zahlen aus, neuerdings in fünfstelligen.

Dann mal los.

Ich schaue nach oben. Augen – oder das, was von ihnen übrig ist – lügen nicht. »Der Leichnam baumelt hier seit mindestens drei Tagen.«

Eine Wolke Schmeißfliegen umschwirrt den Körper. Eine Schar Spatzen macht den Fliegen Konkurrenz. Es stinkt entsetzlich.

Noch ein Schluck Caol Ila. Hilft.

Mit dem Handy mache ich mehrere Bilder von dem Toten, sende sie an Lucille und gebe den Status durch: »Eine leer stehende Fabrikhalle im Süden von Aberdeen, Greenwell Road, bei Tullos Wood. Männlicher Gehenkter, etwa 40 Jahre alt, trägt ein Pappschild um den Hals.« Ich poliere meine Brillengläser. »Mit einer großen ›1‹.«

»Etwas plakativ, meinst du nicht?«

»Ich denke, der Mörder möchte uns etwas mitteilen.«

»Du schließt Suizid also aus?« Gründliche Lucille.

»Wie soll der Mann denn von allein da hochgekommen sein? Das sind mindestens drei Meter.« Ich betrachte einen Stahlträger, um den ein buntes Bergsteigerseil geschlungen ist. Es endet in einem fachgerechten Henkersknoten. »Auf dem Boden sind Spuren einer Klappleiter – ach ja, lehnt da drüben an der Wand. Ich glaube, den hat jemand aufgehängt.«

»Zur Zimmerdekoration?«

»Zur Strafe vielleicht. Oder zur Abschreckung. Wird sich noch rausstellen, es gibt hier jede Menge Hinweise.«

Ich bitte Lucille, nochmals den Wortlaut des anonymen Anrufs vorzulesen, den die Grampian Police vor Kurzem über einen Stimmverzerrer – kriegt man für ein paar Euro bei Ebay – erhalten hat.

»Ich habe das phonetische Muster analysiert«, sagt Lucille. »Es war eine Frau.«

»Und was hat sie gesagt?«

»*Feinde der Menschheit I, Trevor Cummings, Kletterseil Polyamid, 11,4 mm*. Dann hat sie die Adresse der Fabrikhalle durchgegeben und hinzugefügt, dass dort eine Leiche abzuholen sei.«

»Was den Telefondienst aus seinem Tiefschlaf gerissen haben dürfte.«

»Genau, deswegen hat sie ihre Angaben langsam wiederholt – und aufgelegt.« Lucille macht eine Pause. »Die Frage ist nur, warum sie die Polizei erst jetzt verständigt hat, wenn der Mann schon ein paar Tage tot ist.«

»Cummings ..., Cummings ...«, murmle ich. »Ist das nicht ein Künstler?«

»Keine Ahnung. *Du* hast's mit der Kultur. Deswegen hat man uns den Fall doch übertragen – nehme ich jedenfalls an.«

Nur weil ich vor einer Ewigkeit mal an der Gray's School of Art studiert hab. Na ja, ein bisschen was ist hängen geblieben. Und die Kunstszene verfolge ich immer noch. Wenn »Drummond Private Investigations« mal dichtmachen muss, werde ich kitschige Schottland-Aquarelle malen und an Touristen als original Prince-Charles-Machwerke verkaufen.

»Ich erinnere mich, die letzte Documenta. Da hat jemand eine Holzkonstruktion gebaut, die aussah wie eine Richtstätte. Das war Cummings! Um gegen die Todesstrafe zu protestieren.«

»Ging wohl daneben«, meint Lucille.

»Der Mann ist eine große Nummer auf dem internationalen Kunstmarkt. Geboren in Singapur, dort wird Erhängen als Hinrichtungsart noch praktiziert. Falls der bei uns in Aberdeen das Zeitliche gesegnet hat, machen wir weltweit Schlagzeilen.«

»Bingo«, freut sich Lucille. »Ich habe die biometrischen Daten der Leiche durch den Polizeicomputer gejagt. Es handelt sich um Trevor Cummings.«

Wenn Lucille etwas beherrscht, dann sind das Hacks. Dafür saß sie mehrmals im Knast, zuletzt in den Neunzigern. Danach machte sie einen auf Familie, aber ihre beiden Ehen gingen genauso schief wie ihre IT-Karriere. Seit sie auf dem Arbeitsmarkt nur noch als Putzfrau vermittelbar ist, haben wir uns zusammengetan. Unsere Beziehung ist rein beruflicher Natur, zumindest wenn wir im Vollbesitz unserer geistigen Kräfte sind.

Ich schaue mir den Toten durch einen kleinen Feldstecher an. »Verletzung am Hinterkopf. Mit einem stumpfen Gegenstand bewusstlos geschlagen, würde ich sagen, bevor man ihn aufgehängt hat. Deswegen gibt es auch keine Anzeichen einer Fesselung. Dieser Cummings konnte sich nicht mehr wehren, als man ihm die Schlinge um den Hals gelegt hat. Er wurde also nur wegen des Showeffekts aufgeknüpft.«

»Meinen Glückwunsch, Ralfie, hört sich nach richtiger Polizeiarbeit an. Du hast es noch nicht verlernt.«

»Man tut, was man kann.«

Jetzt widme ich mich dem Tisch, dem einzigen Einrichtungsgegenstand in der ansonsten völlig kahlen Halle, und untersuche die Hinweise. »Ein Campingtisch, darauf liegt ein Laptop, an den ein Camcorder mit Stativ angeschlossen ist.«

Ich schalte den Computer ein. Das Betriebssystem fährt hoch. Dann wird unvermittelt ein Video abgespielt. Rasch zücke ich das Handy und nehme alles auf.

Der Film zeigt Cummings Gesicht in Nahaufnahme. Er ist besinnungslos, sein Kopf liegt zur Seite gekippt auf der Schulter wie bei einer Marionette. Plötzlich strafft sich der Körper. Die Kamera zoomt zurück auf Totale, und man sieht ihn am Strick baumeln. Seine Glieder zucken im Todeskampf, die Zunge quillt ihm aus dem Mund, alles ohne Ton. So geht das ein, zwei Minuten lang. Bis Cummings hinüber ist.

Schwarzblende.

»Krank«, sage ich. »Oder Kunst.«

Wie sich herausstellt, befindet sich auf dem nagelneuen Laptop noch eine Textdatei. Sie enthält eine Wegbeschreibung, die ich ebenfalls abfotografiere. Mein Versuch, die Daten auf einen USB-Stick zu ziehen, scheitert an einem Kopierschutz.

Dann schalte ich die Geräte wieder aus und mache, dass ich davonkomme. Die Polizeisirenen sind bereits zu hören. Schnelligkeit ist in meinem Geschäft alles. Immer einen Schritt voraus sein. Die Bullen wissen, dass ich mit ihnen manchmal Katz und Maus spiele. Sie hassen es.

Ich steh drauf.

Unbemerkt erreiche ich meinen alten Rover 400, den ich hinter einem Container geparkt hab. Das Ding ist potthässlich, stammt aber noch aus der Zeit, bevor der Laden von BMW übernommen wurde. No sex please, we're British. Ich bin Romantiker.

Die Wegbeschreibung von dem Laptop führt mich ein paar Meilen die Küste runter nach Newtonhill. Bei einem Schnellimbiss hole ich mir einen Becher Kaffee und rauche beim Fahren. Ich hab schon am Tatort rauchen wollen, ein Reflex, Leichen und Nikotin passen nun mal gut zusammen. Doch ich wollte die Bullen nicht unnötig reizen, hab die Lagerhalle schon genug kontaminiert.

Ich denke über den Auftrag nach. Er kam anonym rein, wie der Anruf bei der Polizei, den wir per Konferenzschaltung mithören konnten. Mehr Infos haben wir nicht bekommen, nur diesen *Feinde-der-Menschheit*-Quark und die Anweisung, den Fall genaustens zu dokumentieren. Die Verbindung war zu kurz, um das Telefonat zurückzuverfolgen.

Normalerweise lasse ich mich auf so was nicht ein. Aber wer auch immer Ralfie Drummond, den besten Ermittler diesseits des Tyne, eingeschaltet hat, um den Behörden zuvorzukommen: Er hat im Voraus 30.000 Pfund auf mein Konto von einer Bank auf den Cayman Islands überwiesen. Unverdächtig sieht zwar anders aus, aber da kann man nicht widerstehen, und Lucille schon gar nicht. Sie kriegt die Hälfte meines Honorars. Von ihrem Anteil kann sie sich jetzt endlich die Brustvergrößerung leisten, die sie sich schon so lange wünscht. Die gute Seele geht auf die 50 zu. Panik vor der Menopause?

Ich nähere mich einem abgelegenen Cottage und stelle den Rover auf einem Forstweg ab. Lucille ortet mich über einen GPS-Tracker, den ich immer bei mir trage. Kleine Rückversicherung, falls ich in Schwierigkeiten geraten sollte.

»Ich habe ja was übrig für Schnitzeljagden«, sagt sie über Funk. »Man ist immer so gespannt, was als Nächstes passiert.«

»Du bist pervers.«

»Würde ich sonst diesen Job machen?«

Auf der Terrasse des Häuschens sitzt ein verschmortes Etwas. Die Leiche ist auf einem klobigen Holzstuhl festgeschnallt. Sie trägt Manschetten und ein Metallstirn-band, etliche Drähte führen zu einem wahren Monster von einem Stromgenerator. Um ihren Hals hängt ein Pappschild, diesmal mit der Ziffer »2«. Es riecht nach missglücktem Barbecue.

»Okay, hier kommt wieder was für dein Poesiealbum.« Ich übermittle Lucille das Bildmaterial. Nach ein paar Sekunden Wartezeit stöhnt sie auf.

»Puh. Ist das jugendfrei?«

»Auch nicht härter als das Vormittagsprogramm im Fernsehen.«

Wieder steht ein Tisch mit Laptop und Camcorder vor der Installation. Die Aufzeichnung beginnt diesmal mit einer Einblendung: *Feinde der Menschheit II, Jorunn Vaupell, Stromerzeuger Dauerleistung 200 kW.* Es folgt ein Spektakel, das einem Splattermovie in nichts nachsteht, inklusive heraustretender Augäpfel und Spontanentflammmung. Erneut nehme ich den Film mit dem Handy auf.

»Tolle Effekte.« Lucille ist ein großer *Resident-Evil*-Fan. »Wenn man's nicht besser wüsste.«

Ich krame in meinem Gedächtnis und beschleunige den Vorgang mit Caol Ila, obwohl ich den rauchigen Geschmack momentan etwas aufdringlich finde.

»Jorunn Vaupell ist Dänin«, sage ich schließlich. »Ebenfalls hochdekoriert in der Kunstszene. Hat in den USA Gehirnströme von Delinquenten aufgezeichnet und die Diagramme in eine Tanzchoreografie übertragen.«

»Pech für sie.« Lucille hämmert auf ihre Computertastatur ein. »Also wieder ein Kunstmord?«

»Möglich.«

»Was haben diese Picassos bloß bei uns in Schottland verloren?«

»Die touren durch die Weltgeschichte. Hat nicht kürzlich ein Symposion oder so was stattgefunden?«

»In Edinburgh«, bestätigt Lucille. »Da gab es eine Todesarten-Ausstellung, Cummings und Vaupell haben dran teilgenommen. War ein Riesenerfolg. Die Leute sind reingerannt, als gäb's was umsonst.«

»Der Mensch ist ein Voyeur«, sage ich. »Hauptsache, es trifft irgendwelche armen Teufel und nicht einen selber.«

»Wie viel Whisky hast du schon getrunken?«

Ich höre eine gewisse Strenge in ihrer Stimme. »Nur das Übliche.«

»Bau bloß keinen Scheiß, Ralfie. Ich will die Kohle, verstanden? Meinst du etwa, ich könnte jetzt kein Schlückchen vertragen? Aber ich bleibe nüchtern, seit dieser Auftrag reingekommen ist, der saniert uns. Reiß dich am Riemen!«

Wir teilen nämlich ein gemeinsames Laster, Lucille und ich. Allerdings trinkt sie am liebsten Speyside-Whiskys, karamellige Sherryfassschmeichler wie Macallan oder Aberlour, während ich mich auf die Torfhämmer von Islay spezialisiert habe. Wenn uns der Frust überkommt, machen wir Vergleichstastings, an deren genauen Ausgang wir uns tags darauf nicht erinnern können. Gelebte Kollegialität verbessert das Arbeitsklima.

»Mach dir keine Sorgen«, beruhige ich sie. »Ich hab alles im Griff.«

Wieder ist eine Wegbeschreibung auf dem Laptop. Ich mache mich mit dem Rover dünne. Von den Bullen fehlt jede Spur, die sind bestimmt noch mit dem

Tatortbefundbericht an der Greenwell Road beschäftigt. Korinthenkacker.

Die nächste Station meiner Tour de Meurtre liegt voll in der Pampa. Es dauert eine knappe Stunde, bis ich Lumsden erreiche, ein Kaff an der A97, und von dort aus sind es noch mal 20 Minuten über Feldwege bis zu einem verlassenen Unterstand für Schafe.

An seiner Rückseite liegt etwas, das selbst Lucille ein entsetztes Keuchen entlockt, als sie die Fotos erhält. Wir haben beide ein dickes Fell, doch irgendwann ist jede Grenze mal überschritten.

Der obligatorische Campingtisch mit Laptop und Camcorder steht unter einer Zeltplane. Kostspielig, jedes Mal die Geräte zurückzulassen, denke ich. Bühne frei für die nächste Vorstellung.

Wir haben es mit einer Steinigung auf freiem Feld zu tun: *Feinde der Menschheit III, Louis Hatibi, Granit*. Das Video dauert ziemlich lang, obwohl es Hatibi gleich zu Beginn am Kopf erwischt. Die Platzwunde blutet wie verrückt. Er schreit, fällt auf die Knie, bittet vielleicht um Gnade, doch erneut fehlt der Ton. Man sieht weitere Steine fliegen, der oder die Täter bleiben unsichtbar. Das Opfer ist an Händen und Füßen gefesselt. Ein Pappschild mit der Ziffer »3« komplettiert das Arrangement. Irgendwann bricht Hatibi zusammen. Die Kamera geht näher ran, immer noch hagelt es Felsbrocken in allen möglichen Formaten. Ein ziemlicher Kaventsmann landet auf dem Rücken. Die Knochen geben nach. Ende.

Ich habe wieder alles abgefilmt. Inzwischen ist die Speicherkarte des Handys voll und mein Flachmann fast leer. Als Lucille das Video erhält, höre ich würgende

Geräusche. Nach einer Pause dann das vertraute »Plop« beim Entkorken einer Flasche.

»Sláinte«, sage ich.

»Du mich auch.«

Ich inspiziere die Wunden. »Hatibis Leiche ist noch relativ frisch. Muss heute morgen passiert sein.«

Lucille räuspert sich. »Ich hab die Internetseite der Todesarten-Ausstellung vor mir. Louis Hatibi hat eine Ladung Wackersteine auf Schaufensterpuppen gekippt und das Ganze mit roter Farbe garniert. Er stammt aus dem Iran. Überflüssig zu erwähnen, was er mit seinen Aktionen bezwecken will.«

»Wieder das gleiche Muster. Der Mörder bringt bekannte Künstler genau mit der Methode um, die sie mit ihrer Kunst anprangern. Tod durch den Strang, elektrischer Stuhl, Steinigung.«

»Irgendjemandem scheint das nicht zu passen.«

»Ganz und gar nicht.«

»Und wem, einem Geheimdienst?«, spekuliert Lucille. »China, Irak, USA, Saudi-Arabien, Nigeria ... Die Liste der Länder, in denen die Todesstrafe noch angewendet wird, ist lang.«

»Politische Morde sind eine Nummer zu groß für uns.« Ich kriege es langsam mit der Angst zu tun. Schaue mich argwöhnisch um, sehe aber nur Schafweiden, Rapsfelder und Heidekraut. »Warum werden wir von Leiche zu Leiche dirigiert? Was soll das?«

»Vielleicht hat uns jemand diesen ›Auftrag‹ zugespielt, der in die Mordserie verwickelt ist und aussteigen will. Der die Öffentlichkeit informieren will und der Polizei nicht traut.«

»Dann wären die Medien der bessere Ansprechpartner.«

»Die sind aber nicht so diskret wie wir.«

Ich habe das Gefühl, allmählich zum Handlanger zu werden, zum Komplizen. Beim Nachdenken trinke ich den letzten Tropfen Caol Ila. Hilft diesmal nicht.

»Gibt es wieder eine Wegbeschreibung?«, fragt Lucille.

Mir graut es davor, auf dem Laptop nachzusehen. »Ich weiß nicht. Ehrlich gesagt, hab ich gehofft, aller guten Dinge sind drei, und dieser Bullshit klärt sich von selbst auf. Meinst du, das geht so weiter?«

»Die Sache ist mir auch nicht geheuer.«

»Können wir den Auftrag nicht ablehnen und das Geld zurücküberweisen?«

»Bist du meschugge? Wir müssen das jetzt durchziehen!«

Zähneknirschend rufe ich den Inhalt der Festplatte auf. Richtig, da ist wieder eine Textdatei mit dem Titel »Directions«. Ich öffne sie und mache ein Foto.

Das nächste Ziel liegt ganz in der Nähe. Brux Hill, ein Hügel in östlicher Richtung. Seine braun-grüne Kuppe hebt sich vom stahlblauen Himmel ab. Mit dem Rover komme ich da nicht hoch.

Also zu Fuß.

»Was erwartet mich da oben? Eine Enthauptung? Vierteilung? Tod durch Giftspritze? Das ist die reinste Reality-Geisterbahn. Schwedenkrimi to go.«

»Gib jetzt nicht auf«, sagt Lucille.

»Mein Caol Ila ist alle.«

»Wenn wir den Auftrag erledigt haben, können wir ja wieder ein Tasting machen. Speyside gegen Islay. Oder wir trinken uns gleich durch die Classic-Malts-Collection.

Zwölf verschiedene Whiskys, die hätten wir uns dann verdient.«

Damit will sie mich ablenken und motivieren. Ich stelle mir lieber nicht vor, was zwischen uns läuft, wenn wir hackedicht sind. Klägliche Sexversuche, nehme ich an. Nach ein paar Flaschen würden wir's mit dem ersten dahergelaufenen Loser tun, ich mach mir da nichts vor. Und da wir uns gegenseitig für Loser halten und niemand anderes verfügbar sein wird ... Das Wort »zwangsläufig« beschreibt es wohl ganz gut.

Positives Denken. Der Typ, der das erfunden hat, kommt garantiert nicht aus Schottland.

Ich stapfe den verdammten Hügel hoch. Der Boden wird weicher. Torfmoor – macht sich die Natur über mich lustig?

Eine Stunde später bin ich oben. Der Gipfel von Brux Hill ist mit einer kleinen Steinpyramide markiert. Ich schnaufe durch, zünde mir eine Kippe an und blicke umher.

Nichts.

Vergebens suche ich nach einem Campingtisch.

Stattdessen fällt mir ein schwarzer Gegenstand auf, in einer Kuhle etwas unterhalb meines Standorts.

»Ein Schalenkoffer, wasserdicht«, sage ich ins Headset. »Es regnet zwar nicht, aber das kann sich ja schnell ändern. Vernünftige Maßnahme.«

»Keine Leiche?«, fragt Lucille hoffnungsvoll.

»Bis jetzt noch nicht.«

Der Koffer lässt sich problemlos öffnen.

»Ein Laptop, selbe Marke wie die anderen.«

Ich klappe es auf und drücke den Startknopf. Bringe mein Handy in Anschlag, nachdem ich einige überflüssige Musikdateien gelöscht habe, um Speicherplatz zu gewinnen.

Was da auf dem Bildschirm erscheint, schnürt mir die Kehle zu.

»Wieder ein Film?«, fragt Lucille.

Ich zwinge mich zu sprechen. »Ziemlich dunkel, Lichtschein von einer LED-Lampe. Ich kann kaum was erkennen, nur den Oberkörper einer Frau, ein blasses Gesicht und ... Wände, ganz dicht um sie herum. Aus Holz.«

Dann dämmert es mir.

»Sie liegt in einem Sarg«, sage ich konsterniert.

»Ein Sarg? Wo?«

Erneut fehlt der Ton. Ist das live?

Die Augen der Frau sind geschlossen. Aber was geht da vor sich? Gerade hat sie sich ein wenig bewegt, wie jemand, der unruhig schläft.

Das heißt, sie ist noch am Leben. Lebendig begraben.

Ich merke, dass der Boden der Kuhle leicht nachgibt. Die Erde ist feucht und locker und frisch aufgeworfen.

»Ich stehe auf einem Grab«, gebe ich Lucille durch und schildere ihr kurz die Lage. »Sieht so aus, als bräuchte die Frau Hilfe.«

»Dann hol sie da raus, sonst erstickt sie!« Lucille ist in heller Panik. »Was laberst du noch rum? Tu was!«

Ich fange an zu buddeln, mit den Händen. Das dauert zwar, aber es geht nicht anders. Ein Spaten oder dergleichen liegt hier ja nicht rum.

Nach einer Weile knie ich mich hin und mach's wie die Hunde, schmeiße die Erde durch meine Beine hinter mich. Währenddessen spornt mich Lucille an und versorgt mich mit Informationen.

»Wer die Frau wohl sein mag?«, keuche ich.

»Ich finde keine Künstlerin, die irgendwas mit ›Lebendig begraben‹ macht. Mir fällt nur *Kill Bill* ein, dieser Tarantino-Film. Im zweiten Teil befreit sich Uma Thurman von allein – schön wär's.«

»Irgendwann ist die Luft in dem Sarg aufgebraucht.«

»Eine teuflische Idee! In welchen Wahnsinn sind wir da reingeraten?«

Wie ein Irrer grabe ich weiter. Ich komme gut voran. Plötzlich stoße ich auf etwas Hartes. Der Deckel! Ich hämmere dagegen und rufe laut: »Hallo! Halten Sie durch! Wir haben's gleich geschafft!«

Fieberhaft schaufle ich so viel Erde aus der Grube, dass ich an den Sargdeckel herankomme. Wenn er festgenagelt ist, war alles umsonst. Wie soll ich das Ding ohne Werkzeug aufstemmen?

Aber er lässt sich mit einer letzten Anstrengung anheben. Ich klemme den Fuß darunter, der Deckel klappt auf.

Irgendetwas nähert sich rasend schnell meinem Gesicht.

Keine Chance auszuweichen.

Dann kommt der Schmerz. Und Schwärze.

Fassstärke. Mindestens 55 Prozent, eher 60. Ein Islay Whisky, unverkennbar. Ölig irgendwie. Salzig und pfeffrig zugleich. Und volle Breitseite Torfrauch.

»Caol Ila Hidden Malt?«, frage ich und schlage die Augen auf. »Der 18-jährige?«

»Genau.« Lucille nimmt die Flasche von meinem Mund und gönnt sich selber einen kräftigen Schluck. »Für dich ist mir nichts zu schade.«

Ich richte mich auf. Mein Schädel droht zu zerplatzen. Die Brille hat's nicht überlebt. »Was ist passiert?«

»Langsam. Jemand hat dir ordentlich eins übergezogen. Ich tippe auf ne Eisenstange.«

Dank des GPS-Trackers in meiner Hosentasche und der Fotos mit den Wegbeschreibungen hat sie mich im Handumdrehen gefunden.

Verdattert versuche ich mich zu orientieren. Die Bullen sind auch da und wollen mich gleich vor Ort ausquetschen und verhaften. Doch Lucille hat unseren Anwalt im Schlepptau, ein Cousin von ihr und ein aalglatter Rechtsverdreher, der uns schon aus Schlimmerem rausgeboxt hat.

Er hält den Detective Inspector auf Abstand. »Mister Drummond ist nicht vernehmungsfähig. Wenn es ihm besser geht, wird er die Polizei natürlich nach bestem Wissen und Gewissen unterstützen. Ich bitte um ein bis zwei Tage Geduld. Lucille Henderson hat Ihnen die Ermittlungsergebnisse meines Mandanten ja schon in groben Zügen mitgeteilt. Das müsste vorerst reichen.«

Unter Blicken, die töten könnten, ziehen wir ab.

Lucille stützt mich, aber nach den ersten hundert Metern kann ich ganz gut alleine gehen. Der Anwalt schnappt sich die Caol-Ila-Flasche und gibt sie nicht wieder her.

Wir wissen nur eins: Die Frau in dem Sarg hat mich ausgeknockt. Sie muss alles minutiös geplant haben. Vielleicht hat sie die Atemluft genau berechnet oder eine Sauerstoffflasche bei sich gehabt, keine Ahnung. Was das alles sollte: noch weniger Ahnung. Der Fall ist uns ein Rätsel.

Als die Medien von den Morden berichten, schlagen die Wogen in der Kunstszene hoch.

Zwei Tage nach meiner Todesarten-Odyssee sage ich den Bullen nicht mehr als unbedingt nötig. Sie wollen mich wegen Verdunkelung, Mittäterschaft und einer ganzen Latte weiterer Delikte drankriegen. Unser Anwalt lässt sie unter Hinweis auf meine Sonderrechte als Privatdetektiv abblitzen. Jetzt hassen sie mich noch mehr.

Es dauert ein paar Wochen, bis der Groschen fällt. Und es ist nicht nur ein Groschen.

Aus Kuba, das mit Großbritannien kein Auslieferungsabkommen für Straftäter hat, meldet sich der neue Stern am Kunsthimmel zu Wort: die Schottin Davina MacLean. Sie hat große Ähnlichkeit mit der Sargfrau, soweit sich das anhand meiner wackeligen Handyaufnahmen sagen lässt. Im Rahmen einer viel beachteten Ausstellung in Havanna präsentiert sie drei bestialische Morde an »Feinden der Menschheit«. So wurden schon im Altertum Piraten bezeichnet.

Hintergrund: Davina MacLean fühlte sich von Cummings, Vaupell und Hatibi beklaut. Galgengerüst, Gehirnströme von Todeskandidaten, gesteinigte Puppen, all das hat MacLean bereits vor Jahren genauso dargestellt, bei einer Galerieeröffnung in Carlisle. Ihre Ideen stießen auf null Resonanz, wurden von den Künstlerkollegen aber durchaus registriert – und schamlos kopiert. Als das Thema »Urheberrecht in der Kunst« immer beliebter und hoffähiger wurde, beschloss MacLean, es den Piraten spektakulär heimzuzahlen. Und aus den Racheakten machte sie eine Kunstaktion.

Der Clou der aktuellen Ausstellung in Havanna ist folgender: Auf riesigen Videoleinwänden sind nicht einfach nur die Hinrichtungsfilme zu sehen, die ich auf den Laptops gefunden habe. MacLean zeigt auch meine Aufnahmen mit der Handykamera, also die Filme von den Filmen und noch einiges mehr, was ihr eben an Geräuschen und Ähnlichem verwertbar erschien. Offenbar hat sie meine Dokumentation der Morde, die ich an Lucille geschickt habe, abgefangen. Ziemlich aufwendig, aber effektiv.

MacLeans eigene Beerdigung plus Wiederauferstehung ist natürlich die Krönung des Ganzen. Dabei hat sie ein bisschen geschummelt: An dem Koffer oder irgendwo im Gestrüpp muss sich noch eine weitere Kamera befunden haben. Kombiniert mit der Livecam aus dem Sarg ist das ein echter Knaller.

Die Kunstszene überschlägt sich förmlich, faselt was von Metaebenen und wirft sich vor dem »Bad Girl of the Arts«, dem »Racheengel der Performance« et cetera in den Staub. Die Ausstellung wird ein Welterfolg. Sie soll nach London, Paris, Berlin wandern, und das ist nur der Anfang. Die Todesstrafenstaaten sind seltsamerweise am heißesten darauf: endlich Kunst, die man versteht. Davina MacLean sitzt derweil irgendwo in der Karibik und kassiert ab.

Ich habe eine längere Unterhaltung mit Lucille. Ohne den Anwalt. Melden wir Copyrightansprüche an, um von dem Kuchen was abzukriegen? Oder spenden wir die 30.000 für was Wohltätiges? Damit wir uns nicht mitschuldig machen.

Lucille befühlt bedauernd ihre Brüste.

»Die passen so«, lüge ich.

»Arschloch.«

Auf dem Tisch steht die Classic-Malts-Collection in voller Pracht. Zwölf Flaschen, Schottlands ganzer Stolz.

Kostenpunkt: über 500 Pfund. Das können wir uns eigentlich gar nicht leisten. Aber in der Nähe der Lagerhalle, in der Cummings exekutiert worden ist, hortet ein Whiskyexporteur seine Bestände. Das Vorhängeschloss war leicht zu knacken.

»Entscheidung vertagt«, sagt Lucille und macht einen Glenkinchie auf.

»Gute Wahl.«

»Für den Anfang.«

Stefan Kiesbye
Ausgangssituation

Man kann eine Stadt daran erkennen, wie sie ihre Hunde hält, und als Gray Harden im letzten Abendlicht nach Demmitt, New Mexico, kam, kroch ihm Sodbrennen die Speiseröhre hinauf; rote Säure verbrannte seine Kehle.

Dies war die Stadt, in der der Künstler Fauch gestorben war. Sein Ableben hatte ein Interesse an den Bildern erweckt, das der lebende Maler nicht mehr hatte auslösen können. Doch der neu entfachte Ruhm würde nicht lange andauern, und Fauchs Manager und Galerist hatte Gray geschickt, um zu bergen, was zu bergen war.

Grays iPhone befahl ihm, in 300 Metern nach links abzubiegen. Die Casa del Sol war das einzige Adobe-Gebäude, das er sehen konnte. Gray hatte sich das alleinstehende Gästehaus reservieren lassen, er vermochte die Nähe ihm unbekannter Menschen nicht zu ertragen. Die Nähe aller Menschen war ihm zuwider, jede Berührung unmöglich. Es war der Preis seines Lebens in Los Angeles. Seit er in Kalifornien lebte, konnte er andere Körper nicht mehr aushalten. Hier in Demmitt würde er gezwungen sein, neue Restaurants und ihm fremde Häuser zu betreten, neue Menschen kennenzulernen. Der Gedanke war kaum auszuhalten.

Das Erste, was er bemerkte, als er aus dem Auto stieg, war der Geruch, und sein Magen, der bereits sauer war, schien sich nun gänzlich aufzulösen. Dünger oder Stallmist vielleicht, aber der Gestank war gelber, spitzer als der von Gülle. Gray fiel es schwer, sich nicht sofort wieder in seinen gemieteten Kia Optima zu setzen und nach

Amarillo zurückzufahren, das in diesem Teil des Landes als Großstadt galt. In acht Stunden könnte er wieder in Los Angeles sein. Nur in Los Angeles war er der wirkliche Gray Harden. Gray Harden, der Kunstkritiker, mit tadellosem Geschmack bei der Garderobe, bei Freunden und Gemälden. Überall sonst schimmerte Jonathan Kestendorf, der mittlere Sohn einer kleinbürgerlichen Familie aus Milwaukee, durch die Fassade. Überall sonst roch er nach Kohlsuppe und nassen Socken. In Demmitt war sein Glanz völlig stumpf.

Was ihn jedoch zurückhielt, war die Frau auf der gegenüberliegenden Straßenseite, dort, wo ein Park in vier oder fünf Tennisplätze mündete. Sie stand im Schatten der Bäume, schien klein und schmal, und er hätte sie übersehen, wäre sie nicht von einem bläulichen Schimmer umgeben gewesen. Das Licht schien aus ihren Kleidern zu dringen und umgab sie wie ein Heiligenschein; er konnte es nicht erklären. Dann erlosch das Licht, und die Frau verschwand mit ihm. Gray war sich nicht sicher, ob sie ihn gesehen hatte.

Er überquerte die Straße und lief in den Park hinein und hielt Ausschau nach dem Licht, und nach einigen Minuten kam er an das staubige Ufer eines während der Monsunzeit wahrscheinlich dick geschwollenen Flusses, der jetzt aber kaum mehr als ein Rinnsal war. Die Sterne waren keine Löcher im Firmament, sondern so zahlreich, dass sie den Himmel wie einen Ballsaal erleuchteten. Er nahm den blauen Schein erst wieder nach seiner dritten Zigarette wahr. Das Licht schien sich auf ihn zuzubewegen und dennoch nicht größer zu werden, und dann hörte er eine Frauenstimme.

*

Die Eigentümerin des Hotels war noch spät im Garten und wässerte die Pflanzen.

»Ich habe jemanden am Flussufer gehört«, sagte Gray. »Es war das seltsamste ...«

»Bleiben Sie vom Fluss weg.«

»Eine Frauenstimme. Sie sagte, sie wolle ihre Kinder zurückhaben.«

»Wer geht schon nachts zum Fluss runter.« Sie drehte Gray den Rücken zu, widmete sich den harten Sträuchern.

»Wissen Sie, wer das war?«, fragte Gray.

»Gefällt Ihnen die Unterkunft?«

»Ich bin wahrscheinlich nicht der Erste, der Sie das fragt.«

»Frühstück ist um acht. Ist Ihnen das recht? Wir können es Ihnen auch warm halten.«

Auf dem Küchentisch im Gästehaus fand er einen kleinen Korb mit Äpfeln und Schokolade. Daneben ein rotes, tönernes Kamel. Auf dem kleinen Schild am Fuß des Tieres stand »Camel Corps«.

*

Die Polizistin, die ihn Richtung Downtown zum Fabrikgebäude begleitete, war klein und kräftig gebaut. Ihr schmutzig-blondes Haar war zu einem kurzen Pferdeschwanz gebunden, ihr Gesicht professionell vereist. Wenn Gray das genaue Gegenteil von sich selbst hätte zeichnen wollen, dann hätte er leicht ein schlechteres Modell als Detective Murphy finden können.

»Freund von Ihnen?«, fragte sie, als sie zusammen die vier Stockwerke in die oberste Etage des Ziegelsteingebäudes hochstiegen.

»Ein Klient«, antwortete er zögernd. Würde das zu seinem Nachteil sein? Er hatte Fauch gekannt, aber nicht sonderlich geschätzt. Fauch hatte zu viel gesprochen und umarmt.

»Wir haben ihn natürlich abgeschnitten.«

»Natürlich.«

»Ich könnte Sie zum Leichenschauhaus begleiten.«

»Ist nicht nötig.« Gray glaubte fest daran, dass sich die eigene Aussicht auf ein langes Leben verbesserte, wenn man dem Tod in Zeitungen und Fernsehnachrichten auswich und Friedhöfe, kranke Menschen und Beerdigungen mied. Er war sich bewusst, wie kindisch sein Glaube auf Detective Murphy wirken würde, aber er wollte ein langes Leben führen. »Wer arbeitet hier sonst noch?«, fragte er den breiten Rücken der Polizistin und wies mit einer vagen Geste auf die feuerfesten Metalltüren.

»Niemand.«

»Das steht alles leer?«

»Ihr Freund hat die gesamte Fabrik gekauft.«

»Für was?«

»Es war billig.« Murphys Stimme war flach, und Gray hätte sie nicht näher beschreiben können. Sie war weder kalt, noch zeigte sie eine bestimmte Wärme. Die Polizistin schien nicht sonderlich an sich oder ihren eigenen Worten interessiert.

»Um sich umzubringen?«

»Wir untersuchen seinen Tod noch.«

»Was untersuchen Sie da?«

»Wir haben ihn im vierten Stock gefunden. Es ist kompliziert.«

»Was ist?«

»Hatten Sie einen angenehmen Flug?« Sie waren im obersten Stockwerk angekommen. Murphy war nicht außer Atem, ihre Stimme war so unbewegt wie zuvor. Schnell entfernte sie das gelbe Band, fischte in ihrer Hosentasche nach dem Schlüssel und zog dann die schwere Tür auf.

»Ist das noch alles so, wie Sie es vorgefunden haben?«, fragte Gray. »Sie haben nichts weggeschlossen? Tatwaffe, blutige Hemden, Abschiedsbriefe?«

»Wir haben hier nichts entfernt. Bis auf den Leichnam.« Sie ließ Gray vorangehen.

Die Wände waren extrem hoch, und nur wenige Flächen waren verputzt. Ein sauberes Atelier, etwa 30 Meter lang, präzise organisiert. Eisenträger und blanke Rohre kreuzten die Decke. Eine steile Treppe führte zu einem höhergelegenen Loft, aber als Gray die Stufen emporgestiegen war, konnte er selbst mit ausgestreckten Fingern die Decke nicht berühren.

Der Loft hatte Fauch als Lager gedient. Die hölzernen Regale und das Verpackungsmaterial bewiesen es. Aber kein einziges Bild war zurückgeblieben.

Von seinem Standpunkt aus konnte Gray den großen Schreibtisch mit dem geöffneten MacBook Pro darauf sehen. Über ein Verlängerungskabel erreichte es die dahinterliegende Wand. Der Monitor war noch immer erleuchtet. Vor dem Schreibtisch stand die Videokamera wie eine Aufforderung.

Murphy deutete auf einen der Eisenträger hinter und über dem Schreibtisch. Das Ende eines Seils hing ins

Zimmer herunter. »Es hat mehrere Tage gedauert, bis wir ihn gefunden haben.«

»Warum?«

»Wir haben einen anonymen Anruf bekommen.«

»Wo sind die Gemälde?«

»Der diensthabende Beamte vergaß, die Nachricht weiterzuleiten«, sagte Murphy.

»Die Bilder.«

»Der Gestank war fürchterlich. Unter dem Leichnam stand eine Pfütze.«

Gray stieg die Treppe hinunter und trat auf den Schreibtisch zu. »Sie haben den nicht ausgeschaltet?«, fragte er.

»Wir haben es versucht«, entgegnete Murphy. »Es geht nicht.«

»Die Batterie.«

»Läuft nicht ewig. Aber man kann den Computer nicht abschalten. Nicht wirklich. Da verändert sich nichts.«

Auf dem Monitor waren zwei Paragrafen Text zu sehen:

Ausgangssituation
In einer verlassenen Fabriketage hängt die Leiche eines international bekannten Künstlers von der Decke. Auf einem Tisch steht ein Laptop, davor eine Videokamera. Ansonsten ist der Raum so gut wie leer.

Die Polizei wurde von einem anonymen Anrufer alarmiert. Bis die Einsatzkräfte jedoch vor Ort sind, vergehen Tage – ein Umstand, der deshalb noch schwerer wiegt, weil der Tote ein Schild mit der Ziffer »1« um den Hals trägt.

»Und?«, fragte Gray. »Trug er eine ›1‹ um den Hals?«

Murphy nickte.

»Ist Nummer ›2‹ schon aufgetaucht?«

Sie schüttelte den Kopf.

»Aber Sie suchen nach Nummer ›2‹?«

»Wir haben keine Anhaltspunkte für die Notwendigkeit einer Suche.«

»Was war in dem Film zu sehen?«

»Film?« Murphys Augen blickten ihn ohne Ausdruck an.

Gray deutete auf die Kamera.

»Der Computer ist leer. Falls Ihr Freund etwas aufgenommen hat, muss er es auf einem USB flash drive gespeichert haben. Oder jemand hat den Film gelöscht.«

»Selbstmord?«

Murphy sah ihn für zwei lange Sekunden an, ihre Augen wurden etwas weiter, ihr Mund öffnete sich leicht. »Er trug eine Nummer um den Hals.« Dann sagte die Polizistin: »Sie waren nicht sehr nett zu ihm.«

Gray blickte in ihre blassen Augen, versuchte ihren Gesichtsausdruck zu lesen, aber Augen und Mund gaben ihm keinen Hinweis. Murphys Gesicht war ihm im Weg, Botox oder Abscheu hatten es erkalten lassen. »Wie bitte?«

»Ihr Artikel war sehr harsch.«

Er war verlegen und verstand nun, dass ihm etwas ganz Offensichtliches entgangen war. »Ich bin Kritiker.«

»Fauch malt kleine Bilder – nicht klein genug.«

»Sie haben meine Kritik gelesen?«, fragte Gray. Er hatte einen Kloß im Hals, vielleicht war er gerührt.

Murphy schien beleidigt. »Fauch war berühmt. Wir haben Computer hier in Demmitt. Wir wissen, was ›Google‹ bedeutet.«

Gray nickte steif. »Es funktioniert nicht.«

Zum ersten Mal, seit sie in Fauchs Atelier getreten waren, schien Murphy verblüfft. Ihre Lippen öffneten sich. Ihre Zähne waren weiß, regelmäßig, der Traum einer jeden Zahnpastawerbung. »Was?«

»In meinem Hotel. Der Netzanschluss. Wo sind die Bilder? Fauchs Galerist, Peter Archer, hat mir versichert, dass Fauch Gemälde hinterlassen hat. Kleine Kamele mit Kindergesichtern und Fabelwesen in der Brunst. Kleine, traurige Prinzessinnen auf glotzäugigen Kamelen. Ich habe ein Foto der Kamele gesehen. Sie wissen schon, Lowbrow vom Feinsten. Sie kennen sich ja mit Google aus. Haben Sie die Bilder aufs Revier geschleppt? Bewahren Sie die jetzt in der Asservatenkammer auf?«

»Alles ist so, wie wir es vorgefunden haben«, versicherte Murphy. »Wir haben keine Asservatenkammer.«

Gray seufzte enttäuscht, aber eine kleine Hoffnung reckte ihren Kopf in die Höhe – vielleicht würde er noch heute die Stadt verlassen können. Wenn es keine Bilder gab, war seine Arbeit hier getan. Er würde sich den Staub dieser Stadt abwaschen und sich wieder in Gray Harden verwandeln können.

Ziellos lief er in der Fabriketage umher. Er hoffte auf Inspiration, Endgültigkeit, oder zumindest einen Hinweis auf den Verbleib von 20 oder 30 kurzzeitig wertvollen Kamel-Gemälden. Stattdessen begann seine Blase zu schmerzen. »Gibt es hier ein Klo?«, fragte er. »Ist das erlaubt?«

Murphy nickte in Richtung des hinteren Endes der Etage, wo eine unbeschilderte Sperrholztür in ein einfaches Bad führte. Die Dusche hatte keinen Vorhang. Gray erleichterte sich im Waschbecken – eine alte Gewohnheit, die er nicht ablegen konnte – und ließ dann Wasser nachlaufen. Er besah sein Spiegelbild ohne großes Interesse. Er hatte einmal gelesen, dass man mit 40 Jahren das Gesicht besaß, das man verdiente. Seines sah müde aus, aber nicht unattraktiv. Falten hatten sich noch nicht eingenistet, und auch sonst schien sich wenig eingenistet zu haben. Er suchte nach Spuren, doch seine Augen wurden von einem Aufkleber in der rechten oberen Ecke des Spiegels abgelenkt. Er war vom häufigen Putzen ganz blass. »La Llorona«, verkündete er. »Wein – Speisen.« Gray schüttelte ab, machte die Hose zu und öffnete die Tür.

Murphy stand bereits in der Eingangstür der Etage. Als Gray an ihr vorbei ins Treppenhaus trat, griff sie mit einem Mal nach seinem Jackenaufschlag.

Die Berührung traf ihn wie ein Schlag. Er duckte sich, ging in die Knie, krümmte sich am Boden zusammen und schlug dann mit den Beinen nach allen Seiten aus. Seine Hände wischten über den ganzen Körper, als könnten sie den unsichtbaren Schaden beheben oder wie Schmutz abbürsten. Die hohe Stimme, die wie das entsetzte Klagen einer Katze klang, war seine eigene.

»Sie sind ein lustiger Typ, Mr. Harden«, sagte Murphy trocken. Sie stand breitschultrig über ihm und sah ihn amüsiert an. Schließlich wandte sie sich ab, verriegelte die Tür und brachte das gelbe Band wieder an.

*

Am nächsten Morgen fuhr er gen Osten zur Staatsgrenze und bog dann vor dem grünen Schild, das ihn in Texas begrüßen wollte, in einen Feldweg ein. Er hatte etwas Weißes, Glänzendes zu seiner Rechten gesehen.

Er fürchtete sich davor, nach Texas hineinzufahren – er könnte sich vollends im Llano Estacado verlieren.

Er fuhr etwa fünfzehn Minuten im Schritttempo über harte Sträucher, die den Unterboden seines Wagens zerkratzten, und durch tiefe Löcher, die die Stoßdämpfer stöhnen ließen, bevor er vor einem Metallgatter stoppen musste. Er stieg aus, und die Stille verstopfte ihm die Ohren, sie war so schwer und sandig wie Schlamm. Die weiße Fläche, die sich vor ihm ausdehnte, war vielleicht einmal ein See gewesen, aber Sand und Salz waren alles, was übrig geblieben war, und das Sonnenlicht trieb ihm trotz der polarisierten Oakleys Spiegelscherben ins Hirn.

Gray kletterte über den Zaun und tat ein paar vorsichtige Schritte in die Wüste hinein. Als würde er über eine Eisfläche gehen und befürchten, einzubrechen, machte er sich auf den Weg. Angelockt vom weißen Glanz vergaß er, warum er nach Demmitt gekommen war. Schon konnte er seinen Mietwagen nicht mehr sehen.

Er war 30 Minuten lang in die ausgedehnte Fläche gelaufen, als er im gleißenden Licht vor sich etwas ausmachte. Rot und groß war es, es bewegte sich auf ihn zu, aber Gray konnte die Gestalt nicht klar erkennen. Sie schien keinem Lebewesen, dem er in freier Natur begegnet war, ähnlich zu sein, und dennoch lief er geradewegs auf sie zu. Die Erscheinung gewann an Umfang, ragte vor ihm auf, er schrie: »Har« – und die Gestalt kam zum Stehen. Gray konnte nun die rote Farbe deutlich erkennen – sie war so dunkel wie nasser Rost –, und er sah die zwei Höcker auf dem Rücken der Gestalt. Sie schwankten hin und her, als die Kreatur davongaloppierte, und schon bald verschluckte sie der aufgewirbelte Staub. Gray blieb reglos stehen und wartete, bis die Luft wieder glänzend klar war, aber das Kamel blieb verschwunden.

*

Ein Polizist stand vor der Wache, als er am Nachmittag in die Stadt fuhr. Der Beamte nickte, kein Anflug eines Lächelns kräuselte seine Lippen.

»Ich bin ...«, begann Gray. Sein rechter Arm deutete ostwärts. »Sie haben nicht vielleicht ... ich weiß, es hört sich seltsam an ...«

Der Beamte schüttelte den Kopf, drehte sich um und ging durch die Glastür ins Innere. Gray folgte ihm und fragte die Uniform nach Detective Murphy.

»Wen wollen Sie sprechen?« Der Polizist fuhr herum.

»Detective Murphy. Sie hat mich gestern zum Tatort geführt.«

»Tatort?«

»Die alte Fabrik, in der Fauch gestorben ist.«

Der Beamte sah sich in der kleinen Wache um, und dann nahm ein Grinsen, das mehrere fehlende Zähne entblößte, seinen schiefen Platz unterhalb der großporigen Nase ein. »Die Fabrik ist versiegelt.«

»Ich soll Murphy hier treffen.«

Sehr langsam und überdeutlich, als ob Gray mit einem fremden Akzent gesprochen und Schwierigkeiten hätte, dem Gespräch zu folgen, sagte der Polizist: »Wir haben keinen Detective Murphy. Der Tatort ist versiegelt. Detective Stone ist der Einzige, der die Schlüssel hat, und Stone ist nicht hier. Der hat Mittagspause.«

Und wie ein Besucher aus einem fernen Land sprach Gray jetzt mit Mühe, seine Zunge schien geschwollen und wollte ihm nicht gehorchen. Er stammelte eine Frage: »Kleine Frau, blond, sie fuhr einen Cruiser?«

Aber der Polizist starrte ihn nur wortlos an, das Grinsen gefroren. Es hing so unbeweglich in seinem Gesicht wie eine Armatur.

*

Das Telefonat mit Peter Archer lief wie erwartet. Die Verbindung war schlecht, wahrscheinlich war er nicht in seiner Galerie, sondern stand auf der 405 im Stau. »Finde die Bilder, Gray. Du musst sie finden. Er hat sie mir versprochen. Er hat hoch und heilig versprochen, dass er sie hat. Natürlich konnte ich sie damals nicht verkaufen, aber sie müssen dort sein.«

»Die Etage war leer.«

»Sein Haus.«

»Hat er nicht in der Fabrik gewohnt?«

»Wie soll ich das wissen? Hör mal, ich habe Shag auf der anderen Leitung. Ruf mich an, wenn du gute Nachrichten hast.«

*

La Llorona lag verlassen da. Ein Ziegelsteinbau unweit der Innenstadt, aber dennoch so vereinsamt, als stünde er am Rande eines Canyons. Er war dunkelrot gestrichen und mit gelben Akzenten versehen, und die verriegelten Türen und Fenster waren schon lange nicht mehr geöffnet worden. Überall lag Staub, die Veranda auf der Rückseite des Hauses hatte der Wind in einen Strand fernab des Ozeans verwandelt.

Er tippte die Ziffern von dem Schild, das der Makler in den Rasen getrieben hatte, in sein iPhone, und fünfzehn Minuten später parkte ein Kleinlaster vor La Llorona. Statt einer Nummer verkündete das vordere Kennzeichen »Jesus ist der Herr«. Die Frau, die auf Gray zutrat, war in ihren Sechzigern, und er ergriff ihre ausgestreckte Hand nicht, sondern murmelte etwas von schmutzigen Fingern. Sie sah ihn misstrauisch an, schloss die Haustür aber nach kurzem Zögern auf. Der Immobilienmarkt schlief allzu friedlich.

»Und Sie sind neu in der Gegend?« Sie griff nach der Post, die auf dem Boden verstreut lag.

»Ja«, sagte Gray.

»Woher kommen Sie?«

»Los Angeles.«

»Sind Sie beim Militär? Bei der Air Force draußen in Cannon?« Sie deutete gen Westen.

»Nein, nein.« Er schüttelte den Kopf. Ihm wollte nichts Unauffälliges einfallen. In Los Angeles waren unauffällige Antworten nicht erwünscht. »Ich möchte investieren«, sagte er, nachdem die Stille etwas peinlich geworden war. »Ein Freund von mir lebt nicht weit von hier.«

Die alte Frau sah ihn ohne zu blinzeln an. »Das Haus hat Charakter.« Auf dem Linoleumboden hinter ihr lagen Heerscharen toter Fliegen. »Und aus Los Angeles? Ich hätte schwören können, einen Midwest-Akzent herauszuhören. Meine Familie kommt aus Illinois, meine Schwester lebt immer noch im Norden Chicagos. Man könnte meinen ...«

»Los Angeles«, unterbrach Gray die Maklerin. »Haben Sie den Maler Fauch gekannt?«

Sie starrte ihn verwirrt an. »Das Haus steht seit zwei Jahren leer. Es war ein Restaurant. Teuer?«

»Fragen Sie mich das?«

»Nein, nein. Sie sind natürlich herzlich eingeladen, sich umzusehen.«

Er ging durch die kleine Eingangshalle geradewegs in einen großen Raum mit Holzpaneelen, der einst als Gaststube gedient haben musste. Tische und Stühle waren in einer Ecke gestapelt, und ein Tresen mit dahinterliegenden Regalen nahm eine ganze Seite der Stube ein. Der Kamin zu Grays Rechten war gewaltig.

»Wer ist der Eigentümer des Gebäudes?«, fragte Gray. Erst nachdem er die Frage gestellt hatte, drehte er sich zur Maklerin um. Hatte er wirklich noch immer einen Midwest-Akzent? Oder war dieser nur außerhalb von Los Angeles zu hören? War er in den Augen dieser Frau ein Schwindler? Niemand in Los Angeles hatte ihn je nach Milwaukee gefragt. Hatten es Künstler und Agenten all die Jahre hören können, dass er in Milwaukee geboren worden war? Dass er dort seine Kindheit verbracht hatte? Mit 18 Jahren hatte er einen kleinen blauen Koffer gepackt, seine Freundin ohne Abschied verlassen und sich nie wieder bei seiner Familie gemeldet. Konnte die Maklerin all das aus seinen Worten lesen?

Sie schien ihn nicht verstanden zu haben, ihre großen Augen waren Fragezeichen.

»Der Besitzer?«

»Ja, er hat versucht, das Restaurant zu vermieten, aber der Preis ist viel zu hoch, wenn Sie mich fragen. Der Immobilienmarkt ist nicht mehr das, was er einmal war.«

»Sicher.« Gray ging auf den Kamin zu, der groß genug schien, um ein Schwein zu braten. Dieser Gedanke spukte ihm im Kopf herum, aber statt des Schweines sah er einen riesigen, sich drehenden Hund im Kamin. Dieser imaginäre Hund nahm ihn so gefangen, dass er die DVD erst entdeckte, als er nur noch wenige Zentimeter vom Kaminsims entfernt war. »Gray Harden« stand auf der Hülle. Er steckte die DVD in seine Jackentasche, noch bevor er erklären konnte, warum, noch bevor er sich vergewissert hatte, dass die Maklerin ihn nicht beobachtete. Als er sich nach ihr umdrehte, war sie immer noch dabei, Briefumschläge aufzureißen und in eine alte Plastiktüte zu werfen.

»Danke«, sagte er abrupt und lief an der Frau vorbei Richtung Eingangstür. »Ich werde mich bei Ihnen melden.«

»Aber Sie haben noch gar ...«

»Wann anders«, sagte er betont freudig. »Ich habe genug gesehen.«

»Der zweite Stock ...«

»Ich habe Ihre Telefonnummer.« Er beeilte sich, die Halle zu durchqueren und ins Freie zu treten. Er rannte fast zu seinem Mietwagen. Wo würde er einen DVD-Player auftreiben können?

*

Sein MacBook Air hatte kein optisches Laufwerk, sein Hotelzimmer keinen DVD-Player. Er spielte mit dem Gedanken, in einen Elektrofachmarkt hineinzuspazieren und die Scheibe einzulegen, entschied dann aber, dass er es nicht wagen konnte, den Inhalt – was auch immer darauf gespeichert war – öffentlich zu machen. Stattdessen starrte er die silberne Scheibe an, als ob seine Augen Laserstrahlen wären. Nichts kam dabei heraus.

*

In jener Nacht wurde er von einem Fuß in seiner Leistengegend geweckt. Als er seine Augen öffnete, schwebte der blaue Schein direkt über ihm, und die Frau senkte sich auf ihn nieder wie ein Wunsch. Er schüttelte sich nicht, zitterte nicht einmal, und es war, als ob sie einem Traum entsprungen sei. Doch seine Erektion belehrte ihn eines Besseren. Er konnte den blauen Glanz nicht erklären, bis sie ihre Bluse ablegte, und er die Leuchtdioden unter ihrer Haut entlanglaufen sah. Dioden konturierten ihre Arme, die Seiten ihres Oberkörpers, liefen wie Nähte bis zu ihren Füßen hinab.

»Wie hast du das gemacht?«, fragte Gray dümmlich, ohne die offensichtlicheren Fragen zu stellen: Wer war diese Frau? Wie war sie in sein Zimmer eingedrungen? Aber Gray nahm ihre Gegenwart als selbstverständlich hin. »Wie?«, fragte er noch einmal, als ob ihre Antwort der Schlüssel zu seinem Leben sei.

Sie nahm ihn in sich auf und begann zu sprechen. »Damals kannte dich noch niemand als Gray Harden. Du warst Jonathan Kestendorf und lebtest in Milwaukee. Nicht einmal in der Stadt selbst, sondern in einer kleinen Stadt etwas weiter nördlich.«

Grays Körper erstarrte. Seit 20 Jahren hatte er niemanden diesen Namen aussprechen hören.

»Du wolltest weg, und du wolltest mich haben, aber ich wurde schwanger. Du wolltest weg, und ich wollte mit dir kommen. Du warst 18, und ich war 21 und verheiratet, und du versprachst mir, mich mitzunehmen. Ich ersäufte meine Zwillinge, um für dich frei zu sein. Dann warst du mit einem Mal fort, und meine Kinder waren tot.«

Sie bewegte sich über ihm, ihre Worte unterbrachen die Wellenbewegungen ihres Körpers nicht.

»Kathryn«, sagte Gray, und seine Zunge war so groß wie eine tote Forelle.

Sie schlug ihm ins Gesicht. »Das darfst du nicht.«

»Aber du ähnelst ihr gar nicht. Ihre Stimme klang ganz anders.« Misstrauen belebte seine Zunge. »Du fühlst dich ganz anders an.«

»Aber dein Körper erinnert sich. Nicht wahr, Jonathan?«

Er versuchte sich aufzubäumen, sie abzuwerfen, aber sie hielt ihn mühelos umschlungen. Sie ritt ihn, als ob sie ihr Leben auf dem Rücken wilder Pferde verbracht hätte. Und er wusste, wusste, wusste, dass sie die Wahrheit sprach.

»Ich will meine Kinder wiederhaben.«

Nachdem er sich erschöpft hatte, beugte sie sich kurz zur Seite, und im nächsten Moment war das Zimmer voller Sterne, er konnte die Frau kaum mehr sehen. Und als die blauen Lichter erloschen und das Zimmer verließen, sah er ihnen nicht hinterher. Blut rann seine Wange hinunter, und er schnarchte leise.

*

Mit einem Pflaster auf der linken Schläfe machte er sich am Morgen auf den Weg zum Fabrikgebäude. Er hatte einen Hammer und ein Stemmeisen in einer True-Value-Filiale gekauft und brach das Schloss zum Treppenhaus in weniger als zehn Minuten auf. Er riss das gelbe Band der Polizei ab und öffnete die Eingangstür zu Fauchs Etage. Gray, der Dieb und Einbrecher. An ihm war ein Gangster verloren gegangen.

Nichts war verändert worden. Der MacBook Pro befand sich noch immer auf dem Tisch und zeigte noch immer dieselbe Mitteilung.

Der Computer akzeptierte die Scheibe, und Sekunden später sah er Kathryn auf dem Monitor. Sie saß an demselben Tisch, an dem nun er saß, und malte eine große »2« auf ein Blatt Papier. Sie blickte in die Kamera und sagte: »Jonathan.« Dann stoppte der Film, und nun sah er sich selbst am Tisch sitzen und in Richtung Kamera schauen. Und hinter ihm stand Kathryn, er konnte ihre Finger in seinem Haar spüren. Sie hängte ihm die Nummer um den Hals.

»Die Bilder hat es nie gegeben«, sagte er.

»Nein«, antwortete sie ihm. »Sie waren die Spur, der du folgen würdest. Ich hab sie allein für dich erfunden.«

»Keine Kamele. Ich hab gestern ... gestern Morgen ...«

»Ich weiß.«

Er sah das Messer in ihrer Hand und spürte es gleichzeitig seinen Hals durchschneiden.

»Ich habe so lange auf dich gewartet.«

Jonathan versuchte nicht allzu hilflos auszusehen, denn er wurde von der Kamera aufgezeichnet. Warm lief das Blut in seinen Hemdkragen, rot kleckerte es auf die Nummer, die er wie einen Latz auf der Brust trug. Und mit dem Blut wich das Leben aus ihm. Schnell und ohne Drama. Die Frau hinter ihm sah ihm liebevoll zu. Er wollte sie nicht enttäuschen.

Christian Klier
Virtuality Crisis

>»The best you ever had
Is just a memory and those dreams«
Arctic Monkeys, *Fluorescent Adolescent*

»Julia, würden Sie bitte?« Kommissar Kurt Schiefer war stehen geblieben. Angstvoll fixierte er den Gliederfüßer, der zwar noch anderthalb Meter entfernt war, aber unaufhaltsam näher kam.

Julia Pawlowsky, die im Laufe ihrer Zusammenarbeit mit Schiefer gelernt hatte, neben den laufenden Ermittlungen auch dessen Arachnophobie stets im Blick zu behalten, hatte das Tier schon bemerkt. Und während der Kommissar sich mit einem Taschentuch den Angstschweiß von der hohen Stirn tupfte, warf sie eine ihrer zahllosen roten Strähnen hinters Ohr, tat einen Schritt nach vorne und zerquetschte mit dem Keilabsatz ihres Stiefels der Marke »Supertrash« den Weberknecht, der es gewagt hatte, ihren Chef aus dem Konzept zu bringen.

Schiefer warf seiner Assistentin einen dankbaren Blick zu und nickte anerkennend. Dann steckte er das Taschentuch zurück in die Mantelinnentasche.

Der Hals von Eugène Arsaná, unter bürgerlichem Namen als Niels Meyer bekannt, wurde von einem Seil umschnürt, dessen anderes Ende an der stählernen Dachkonstruktion der alten Fabrikhalle angebracht war. Die schmächtige Gestalt hing vor einer verstaubten Milchglasscheibe, durch die das Licht einer diffusen Septembersonne drang. Auf dem Betonboden unter der Leiche hatte sich ein dunkler Fleck gebildet, in den das Bein eines umgestoßenen Stuhles hineinragte. Schiefer seufzte.

»Fünf Tage! Fünf verdammte Tage hat es gedauert, bis wir die Leiche gefunden haben, und das alles nur, weil der Beamte in der Leitstelle für sich beschlossen hatte, den anonymen Anrufer für einen Scherzkeks zu halten.«

»Na ja, ganz so war es jetzt auch wieder nicht«, widersprach Kriminalhauptmeisterin Pawlowsky. »Die Angaben des Anrufers waren schon mehr als vage. ›In einer Halle hängt einer‹, mehr hat der nicht gesagt. Da kann es schon mal etwas länger dauern.«

»Der Typ von der Leitstelle hat erst nach drei Tagen von dem Anruf erzählt! Und warum? Weil Eugène Arsaná plötzlich als vermisst gemeldet wurde! Eine Riesenschlamperei ist das, nichts weiter! Für so etwas gibt es keine Entschuldigung.«

Julia Pawlowsky schwieg. Sie sah den beiden Gerichtsmedizinern dabei zu, wie sie die Leiche des angeblich größten zeitgenössischen deutschen Malers abhängten, um ihn danach in eine Wanne aus Zink zu legen. Wenn so ein Promi tot ist, dachte Pawlowsky, dann sieht auch er nur noch aus wie ein Klumpen Fleisch. »Es deutet doch alles auf einen klassischen Selbstmord hin.« Die Kriminalhauptmeisterin zupfte sich einen Fussel von ihrem türkisfarbenen Top.

»Abwarten, Julia. Abwarten!«, sagte Schiefer und ließ seine Assistentin stehen, um sich zu den Technikern zu begeben.

Vor einem Tisch, auf dem ein aufgeklappter Laptop stand, war eine Videokamera aufgebaut. Der Kommissar begrüßte den Chef der KTU, Harald Krubatow. Dieser war gerade dabei, mit einem Pinsel Fingerabdrücke an dem Stativ zu sichern, auf dem die Videokamera montiert war.

»Und, erste Erkenntnisse?«

Krubatow räusperte sich, dann richtete sich der Einsachtundneunzigmann auf und begann zu sprechen: »Nach bisherigen Erkenntnissen befinden sich auf dem Camcorder und dem Laptop Fingerabdrücke von zwei unterschiedlichen Personen.«

»Jeweils auf beiden Apparaten?«

»Beide Geräte wurden von je zwei verschiedenen Leuten angefasst.«

Schiefer unterdrückte ein plötzlich aufkeimendes Gefühl der Unterlegenheit, das nicht nur von der ungewöhnlichen Größe des KTU-Mannes herrührte. »Und was ist mit dem Band? Was wurde da aufgenommen mit der Kamera?« Er deutete auf das Gerät.

»Wissen wir nicht«, antwortete Krubatow lapidar und sah den Kommissar von oben herab aus hellblauen Augen an.

»Wie, das wisst ihr nicht?«

»Die Kamera ist leer. Falls da ein Band drin war, hat es jemand entfernt.«

»Das ist ärgerlich. Ziemlich ärgerlich sogar.« Schiefer rieb sich das Kinn. »Und was ist mit dem Laptop?«

»Den müssen wir im Labor untersuchen. Scheint gelaufen zu sein, bis er sich von selbst abgeschaltet hat. Der Akku von dem Ding ist jedenfalls aufgebraucht.«

»Gibt es überhaupt irgendwelche Anhaltspunkte?«

Anstatt zu antworten, drehte sich Krubatow um. Schiefer blieb angesichts des kolossalen Rückens des Kriminaltechnikers einen Moment lang die Luft weg.

Als sich Krubatow ihm wieder zuwandte, hatte dieser ein Stück Karton in der latexbehandschuhten Pranke. »Das könnte dich interessieren.«

An dem Stück Wellpappe hing eine Schnur, in der Mitte hatte jemand mit Kreide die Ziffer »1« notiert.

»Das hatte der Tote um den Hals hängen, als wir ihn fanden.«

»Erst eins, dann zwei, dann drei, dann vier ...« In den resignativen Unterton von Schiefers Stimme hatte sich eine gehörige Portion Zynismus gemischt.

»Ich glaube nicht, dass das hier etwas mit der Vorweihnachtszeit zu tun hat, Kurt. Dafür ist es dann doch noch etwas zu früh.«

»Um einen Aprilscherz handelt es sich aber sicher auch nicht, schließlich sind wir schon im Herbst.« Der Kommissar griff Krubatow an den Oberarm. »Ich werde diesen Fall lösen, koste es, was es wolle. Gib Bescheid, wenn du was Neues für mich hast.« Schiefer winkte seiner Assistentin. »Julia, kommen Sie bitte?«

*

Arsanás Atelier lag in einer unscheinbaren Straße inmitten des Industriegebiets, in dem sich auch die ehemalige Ziegelei befand, wo man seine Leiche gefunden hatte. Die Wirkungsstätte des Künstlers war kleiner, als sie sich Schiefer vorgestellt hatte. Dank eines durchgängigen Glasdaches war der Raum vollkommen sonnendurchflutet. An den Wänden lehnten großformatige Gemälde.

»Was ist das? Öl oder Acryl?«

»Aquarelle sind es jedenfalls nicht«, antwortete Pawlowsky, die gerade in die Hocke gegangen war, um sich eines der Bilder genauer anzusehen. Schiefer nahm ihre Silhouette wahr, ihren schlanken Körperbau, der trotz aller Schlankheit etwas Weiches, etwas Wärmendes an sich hatte. Etwas, das Schiefer sehr vermisste. Etwas, von dem er geglaubt hatte, er hätte es für immer vergessen. Besonders seit Marie, seine Frau, letztes Jahr bei einem Verkehrsunfall gestorben war.

Schiefers Hand berührte den Keilrahmen eines Bildes. Schwarz, braun und rot. Ein seltsames Rot, so leuchtend, so schillernd. »Wie man nur so etwas Furchtbares malen mag«, sagte er mehr zu sich selbst als zu seiner Assistentin und ließ seinen Blick über die Darstellung abgetrennter Köpfe und Gliedmaßen wandern, aus deren Öffnungen fluoreszierendes Blut spritzte.

»Einerseits diese widerwärtigen Inszenierungen brutaler Gewalt, und dann das hier«, kommentierte Julia Pawlowsky. Der Kommissar wandte seinen Blick von dem Bild ab und ging zu seiner Kollegin.

Das Gemälde, vor dem sie jetzt beide standen, ergriff auf sonderbare Weise umgehend Besitz von ihm. Es handelte sich um die Abbildung eines weiblichen Gesichts, dessen Züge ihn an die von Julia erinnerten. Die Augen, dachte Schiefer, es sind ihre Augen, und er überlegte, ob er Julia ansehen sollte, um zu vergleichen. Die vollen Lippen, das leuchtende Haar, die hohen Wangenknochen. Er starrte regelrecht in das Bild, und dann wagte er es doch, Julia Pawlowsky für einen Moment ins Gesicht zu sehen. Und er war erstaunt. Darüber, dass er sich so getäuscht hatte. Ja, da war eine Ähnlichkeit, zweifelsohne, aber alles, was ihm an Julia so sehr gefiel, war in dem Bild auf eine unerklärliche, auf eine anrührende Art verändert, die ihm beinahe magisch erschien. Er versuchte zu begreifen, was ihn an dem Gemälde so faszinierte, doch er bekam es nicht zu fassen. Dieses Bild, dachte er, dieses Bild ist wie von einer anderen Welt.

Sie machten sich einen Gesamteindruck von den Werken, die sich in Eugène Arsanás Atelier befanden. Als Fazit konnten sie festhalten, dass sich die Gemälde in zwei Gruppen einteilen ließen, die unterschiedlicher nicht hätten sein können: Einerseits waren da Darstellungen von Landschaften oder Menschen, die so eigentümlich ansprechend gestaltet waren, dass sie einen sofort in ihren Bann zogen. Die durch ihre Entrücktheit zu verzaubern wussten. Schiefer kannte so etwas annähernd nur von den Werken der Präraffaeliten, von Edward Burne-Jones oder John Everett Millais. Doch diese Bilder hier waren anders in ihren Konturen, in ihrer Plastizität. Allein schon die Farbgestaltung schien in ihrer Wirkung viel eindringlicher, ja wesentlich expressiver. Auf der anderen Seite gab es die Tableaus, auf denen fürchterlich zugerichtete Leichen zu sehen waren. Folterszenen der übelsten Sorte. Kannibalen, die in menschliche Gliedmaßen bissen. Köpfe, in deren Augenhöhlen Messerklingen steckten. Zerstückelte Körper in allen Formen und Farben.

»Könnte es sein, dass dieser Eugène Arsaná vielleicht unter Schizophrenie litt?«

»Der wahrscheinlich nicht, eher Niels Meyer. Aber wer weiß das schon so genau?«, antwortete Schiefer.

Sie wollten gerade gehen, als der Kommissar eine ungeschickte Bewegung machte und mit seinem Knie an einen Schemel stieß, auf dem sich alle möglichen Malutensilien befanden. Der Hocker fiel um. Zwischen den

Pinseln, Messern, Spachteln und Tuben stach ein gelb leuchtendes Stück Papier, ein Post-it, heraus. Der Kommissar beugte sich nach vorne und griff nach dem Fetzen. »Eine Telefonnummer.«

»Und drei Ausrufezeichen dahinter.«

Über seine Schulter streckte Schiefer seine freie Hand zu seiner Kollegin, die sich hinter ihm befand. »Würden Sie mir bitte Ihr Handy reichen, Julia?«

*

»Carsten Bingstett – Virtuelle Welten – Black and White – Software & mehr.«

Seit einer gefühlten Ewigkeit drückten sie jetzt schon auf das Klingelschild der Loftwohnung, aber sie wollte sich einfach nicht öffnen, die Tür der realen Welt.

»Besser, wir kommen morgen wieder«, schlug Pawlowsky vor.

Schiefer machte ein vorwurfsvolles Gesicht. »Sie können gerne gehen, wenn Sie wollen. Ich bleibe. Wir haben schon viel zu viel Zeit in dieser Angelegenheit verloren. Und vergessen Sie nicht: Möglicherweise haben wir es mit einem Serientäter zu tun. Der schläft nicht.«

»Und dieser Bingstett ist die Nummer zwei, meinen Sie?«

»Das weiß ich nicht. Ich weiß nur, dass seine Nummer auf diesem Post-it steht und außer dem Anrufbeantworter niemand ans Telefon geht. Und außerdem ...« Die Ausführungen des Kommissars wurden plötzlich von einer Stimme unterbrochen, der etwas unangenehm Schrilles anhaftete.

»Sie wollen zu Carsten?«

Schiefer drehte sich um. Die Frau war höchstens Anfang zwanzig, billig geschminkt und von einem Habitus, der nicht gerade auf einen besonders hohen IQ schließen ließ. Die Erotik junger Frauen, dachte Schiefer, während das Mädchen auf hochhackigen Schuhen zur Tür stöckelte, die Erotik junger Frauen erscheint doch immer wieder ermüdend und fad. Als sie die Wohnungsschlüssel herausholte, versuchte er ihr ein Lächeln zuzuwerfen, was ihm leider nur mäßig gelang.

Bettina Wolf bot ihnen einen Kaffee an, doch sie lehnten ab. Ihren Freund Carsten, mit dem sie eine »offene Beziehung« führte, wie sie sich ausdrückte, hatte sie seit einer Woche weder gesehen noch gesprochen. Außerdem hatte sie keine Ahnung, wo sich ihr Freund befand.

»Der ist immer mal wieder auf Tour. Mal hier, mal da. Das ist halt so. Ich bin genauso. Wahrscheinlich passen wir deshalb so gut zusammen.«

Auf einem Sofa, das sich an einer hohen Wand im hinteren Teil des Lofts befand, räkelte sich eine schwarzweiß getigerte Katze, die gerade aufgewacht war.

»Kennen Sie Eugène Arsaná?«, fragte Schiefer.

Die Katze sprang vom Sofa.

»Sie meinen den Niels?« Frau Wolf kicherte blöde und zeigte dabei ihre makellosen, strahlend weißen Zähne. »Wieso? Was ist mit dem?«

Die sollte besser Werbung für Zahnpasta machen, dachte Schiefer und überhörte ihre Frage. »Kannten, ähm, kennen sich die beiden denn? Herr Bingstett und Niels?«

Die Katze hatte den Tisch erreicht und fing jetzt an zu miauen.

»Die haben sich vor gut einem Jahr auf so einer Verni, Vroni ..., wie heißt das gleich wieder, auf so einer Ausstellung kennengelernt.«

Daniela Katzenberger, du bekommst Konkurrenz, dachte Schiefer.

»Und?«, warf Pawlowsky ein.

Die Katze machte einen Satz und landete auf dem Schoß von Bettina Wolf.

»Na, das hat sofort gefunkt zwischen den beiden.«

»Wollen Sie damit sagen, dass Niels Meyer und Carsten Bingstett ein Liebesverhältnis unterhielten?«

Die Hand von Carsten Bingstetts Freundin hatte begonnen, den Nacken der Katze zu kraulen.

»Nee! Carsten und ich führen zwar eine offene Beziehung, aber so weit geht die Liebe nicht. Rumschwulereien, das erlaube ich nicht.« Frau Wolf lachte wieder ihr Blend-a-med-Lachen. »Der Niels und der Carsten, die verstehen sich einfach saugut. Sind die besten Freunde. Und da ist dieses gemeinsame Kunstprojekt. Ein Riesengeheimnis, das Ding!«

Die Katze schnurrte.

»Jaaa, dir geht's gut, Scheherazade.«

»Wissen Sie, worum es bei dem Kunstprojekt geht?«

»Irgendwas mit Kunst und Computer. Keine Ahnung.«

Das glaub ich dir sofort, dachte Schiefer, bevor er und seine Assistentin sich verabschiedeten.

*

»Also, die Verschlüsselung konnten wir knacken.« Harald Krubatow war aufgestanden. Neben dem Laptop lag eine angebrochene Schachtel West Red. »Das Problem ist das

Passwort. Es gibt nur drei Versuche. Und wenn man das Passwort zum dritten Mal falsch eingibt, dann zerstört sich das Programm. ›Autodestruktive Sicherheitsprogrammierung‹ nennt man das.«

Schiefer setzte sich und legte eine Hand in seinen verspannten Nacken. »Und ihr habt keine Möglichkeit, das Passwort zu hacken?«

»Bis jetzt nicht. Habt ihr bei euren Ermittlungen irgendeinen Hinweis gefunden?«

»Sieht schlecht aus.« Schiefer schaute auf die Uhr, die sich über der Tür des Hinterzimmers befand. Acht Minuten vor zehn. In weniger als zwei Stunden würde es Mitternacht sein, und bis jetzt hatten sie so gut wie nichts.

Krubatow hatte die Türklinke gedrückt. »Ich geh Kaffee holen. Willst du auch einen?«

»Gerne.« Er würde nicht mehr schlafen, bis er den Fall gelöst hätte.

Schiefer schloss die Augen. Drei Versuche, hatte Krubatow gesagt. Er rieb sich das Kinn. Legte den Kopf in den Nacken. Autodestruktive Programmierung. Das hatte sich Krubatow doch ausgedacht. Bisher hatten der Kriminaltechniker und sein Team noch jede Festplatte wiederhergestellt, die angeblich gelöscht oder unwiderruflich beschädigt worden war.

Im Nebenraum wurde eine Tür geöffnet. Leise Schritte. Das musste Krubatow sein mit dem Kaffee. Kaffee mit Milch, schwarz und weiß, dachte Schiefer. Und dann hatte er die Lösung.

»Kurt?«

Mit einem Blick zwischen Unsicherheit und Erstaunen sah sich Harald Krubatow in dem kleinen Zimmer um. Da waren nur der Tisch, der Stuhl, der Laptop und die Zigaretten. Kein Kurt. Aber wo konnte der sonst sein? Er hatte ihn weder aus dem fensterlosen Raum herausgehen sehen, noch war er ihm begegnet. Aber das hätte er doch müssen! Und außerdem: Kurt würde nie einfach so verschwinden, ohne sich bei ihm zu verabschieden. Und was war das da auf dem Bildschirm? Das war doch vorhin noch nicht da gewesen.

Krubatow stellte Schiefers Kaffee neben den Laptop.

*

Es war dunkel. So dunkel, dass er die Hand vor Augen nicht sehen konnte. Von irgendwoher drangen Schreie an sein Ohr. Unmöglich festzustellen, ob diese menschlichen oder animalischen Ursprungs waren.

Er reckte den Kopf. Was war das da oben? Das Ende irgendwelcher Bäume? Fichten- oder Tannenspitzen?

Plötzlich hörte er ein Geräusch. Ganz nah. Erst links, dann rechts. Dann war es hinter ihm. Er ging in die Hocke. Und als er mit beiden Händen den Boden berührte, befand sich das Geräusch unter ihm. Und dann spürte er es, das Geräusch.

Es war das Geräusch, das Spinnen machen, wenn sie sich fortbewegen. Ein unmerkliches, feines Geräusch. Trocken, hart und unaufhaltsam.

Sein Atem ging schneller. Aus jeder Pore pulsierte der Schweiß. Die Spinnen krabbelten an ihm hoch, über seine Hände und Arme, seine Füße und Beine. Zu Hunderten, Tausenden, zu Abermillionen.

Es war aussichtslos, gegen diese Übermacht anzukämpfen. Es war aussichtslos, zu schreien. Es war aussichtslos, irgendetwas zu tun. Er wusste, dass er verloren war.

Als die Spinnen seinen Hals erreichten, als sie sich über sein Gesicht hermachten, in seine Ohren, in seinen Mund, in seine Nasenlöcher stürzten, fiel er in Ohnmacht.

*

»Und Sie behaupten, dass Sie Schiefer gestern Abend das letzte Mal gesehen haben, hier in diesem Raum?«

Krubatow machte ein ärgerliches Gesicht. »Herr Staatsanwalt, das sag ich doch die ganze Zeit! Kurt hat mich gestern hier aufgesucht. Ich war kurz Kaffee holen, und als ich zurückkam, war er verschwunden. Nur der Laptop lief. Und läuft noch immer. Sehen Sie, da.«

Staatsanwalt Hellmann, Julia Pawlowsky und Harald Krubatow starrten auf den Bildschirm, in dem ein Gebräu fluoreszierender Rottöne vor sich hinmäanderte.

»Und das lässt sich nicht abstellen?«

»Keine Chance. Wir können höchstens den Stecker rausziehen und warten, bis der Akku aufgebraucht ist«, beantwortete Krubatow die Frage des Staatsanwalts.

»Sieht aus wie Lava. Irgendwo hab ich so etwas Ähnliches schon mal gesehen. Aber wo?«, grübelte Kriminalhauptmeisterin Pawlowsky.

*

Als er erwachte, spürte er Sandkörner in seinem Mund. Er hatte den Eindruck, jemand hätte ihn gerufen. Aber er hörte nur das Meer und die Schreie der Möwen.

Er stand auf und nahm die wärmende Sonne auf seiner Haut wahr. Er ließ seinen Mantel auf den Sandstrand fallen. Er sah Palmen, Hügel und Felsen, in der Ferne erhob sich ein Berg, von dem eine Rauchsäule aufstieg.

»Kurt!«

Er drehte sich um und sah in die Augen von Marie. Oder waren es die von Julia? Er wusste es nicht. Er wusste überhaupt gar nichts mehr. Noch bevor er irgendeinen klaren Gedanken fassen konnte, spürte er einen Kuss auf seinen Lippen. Weiche Hände, die sein Gesicht streichelten, seinen Nacken, sein Haar.

»Wer bist du? Bist du das, Marie?«

Die Frau lachte ihn an. Dann begann sie zu laufen. Er versuchte ihr zu folgen, doch sie war schneller als er. Plötzlich, so kam es ihm vor, hörte er sie schreien. Er lief noch ein Stück. Vor ihm befand sich eine Öffnung in der Erde. Was war das? Eine dampfende Masse, eine magmaartige Flüssigkeit, schillernd und glänzend und rot. Er kannte dieses Rot, dachte er. Aus der Werkstatt von Eugène Arsaná. Da hatte er es gesehen. Und später noch einmal. Kurz bevor er an diesen seltsamen Ort gekommen war.

Er sah sich um, doch die Frau war verschwunden.

*

»Das war jetzt das vierte oder fünfte Mal. Nichts. Immer nur dieselbe monotone Ansage auf dem Anrufbeantworter.« Julia Pawlowsky verschränkte die Arme und lehnte sich zurück.

»Dann fahren wir bei ihm vorbei?«, fragte der Kommissaranwärter unsicher.

Die Kriminalhauptmeisterin griff nach den Wagenschlüsseln, die vor ihr auf dem Schreibtisch lagen, und warf sie dem Anwärter zu. »Du fährst.«

*

Früher war er besser zu Fuß gewesen, dachte er und rieb sich den Knöchel. Sein Zeitgefühl sagte ihm, dass er bestimmt schon seit anderthalb Stunden unterwegs war. Er richtete sich auf und folgte dem ansteigenden Pfad. Er hörte etwas knacken, dann roch er brennendes Holz. Nach einer Biegung erreichte er eine Lichtung.

Da war ein junger Mann neben einem Feuer. Er hatte einen Spieß in der Hand, auf den er verschiedene Früchte steckte.

»Gratuliere«, sagte der Mann ohne aufzusehen. »Sie haben also das Passwort geknackt.«

Schiefer trat an die Feuerstelle heran. »Das war nicht so schwer.«

»Für Sie vielleicht nicht. Für andere sehr wohl.«

Schiefer sah dem jungen Mann dabei zu, wie dieser eine Ananasscheibe von einem Tablett nahm. »Sind Sie Carsten Bingstett?«

»Vielleicht, vielleicht auch nicht.«

»Wo bin ich hier?«

Der Mann blickte auf und sah Schiefer zum ersten Mal an. »Endlich eine Frage, auf die es sich zu antworten lohnt.« Bingstett legte den Spieß über das Feuer. Dann verzog er seinen Mund zu einem breiten Grinsen. »Sie und ich und das alles hier« – er machte eine ausholende Geste – »das ist überall und nirgendwo zugleich.«

»Herr Bingstett. Ein Mensch ist gestorben.«

»Ich weiß, ich weiß. Seien Sie trotzdem mein Gast. Nehmen Sie doch bitte Platz.« Bingstett deutete auf zwei Liegestühle, die sich unter dem Vordach einer Bambushütte befanden.

»Was ist hier los? Können Sie mir das erklären?«, fragte Schiefer, als er sich neben seinem Gastgeber niedergelassen hatte.

»Sagt Ihnen der Begriff ›Teleportation‹ etwas?« Bingstett hielt Schiefer ein Glas hin, in dem sich ein orange-rotes Getränk befand. »Sehen Sie: Alles, was existiert, lässt sich schlussendlich in Daten zerlegen, in seine letzten Bestandteile auflösen, speichern und an einem anderen Ort wieder rekonstruieren. Ob ein Computer ein beschriebenes Blatt Papier oder die Daten eines Menschen einlesen kann, ist letztlich nur eine Frage von Speicherkapazität und Leistungsfähigkeit.«

Schiefer nahm einen Schluck von dem Getränk. »Wollen Sie mir etwa sagen, dass Sie und ich, dass wir per Teleportation hierhergekommen sind?«

»Ja. Mit dem Unterschied, dass wir immer noch als Datenkomplexe existieren. Wir wurden an keinem realen Ort wiederaufgebaut.«

»Wir bewegen uns also in einem Computerprogramm?«

»Sie haben's erfasst!« Bingstett schnippte mit dem Finger. »Durch die Eingabe des Passworts in den Laptop haben Sie den Teleportationsscanner ausgelöst und sind hier in dieser herrlichen Virtualität gelandet.«

»Aber so etwas ist doch gar nicht möglich. Die heutigen Computer...«

Bingstett lachte laut auf. »Mein lieber ...«

»Kurt. Mein Name ist Kurt Schiefer.«

»Mein lieber Kurt. Das glauben die Leute drüben auf der anderen Seite, in der sogenannten Realität. Und das sollen sie auch glauben. Man will ja, dass sie das glauben. Aber wissen Sie, ich habe einige Zeit in den Staaten für die National Security Agency arbeiten dürfen. Dort bin ich mit Geheimprojekten konfrontiert worden, dessen Ausmaß ein normaler Mensch nicht im Ansatz erahnen kann. Da existieren Supercomputer, ich sage Ihnen ...«

»Und dieser unscheinbare, schäbige Laptop, der mich hierhergebracht hat, ist so ein Supercomputer?«

Bingstett lächelte. »Auf das Innenleben kommt es an, Kurt. Trauen Sie nie dem äußeren Anschein. Sehen Sie hier: diese Insel, diese Palmen, das Meer. Dieser herrliche blaue Himmel und die Sonne da oben. Das ist alles nur Illusion. Eine Illusion, die sich in der realen Welt auf verschiedenen Servern befindet. Als Datenketten, die einander ergänzen. Sogar im Weltraum, in den Speichersystemen von Satelliten umschwirren wir den Planeten Erde. Dort sind wir aufgelöst in unsere minimalsten Anteile. Abstrahiert in die Größen Eins und Null. Ist das nicht faszinierend?«

»Eins und Null, soso. Deshalb also ›Black and White‹.« Schiefer nahm einen letzten Schluck und reichte Bingstett das leere Glas.

»Nicht nur deshalb. Ist Ihnen nicht schon aufgefallen, dass sich die Welt hier von der auf der anderen Seite unterscheidet?« Bingstett hielt seinem Gegenüber ein neues Getränk hin.

»Ein wenig«, antwortete Schiefer und griff nach der mäandernden Flüssigkeit.

»Das Programm, in dem wir uns befinden, basiert auf einer Idee von Niels. Als ich ihm von der Möglichkeit erzählte, in persona in ein Computerprogramm einzusteigen, kam er auf den Einfall, eine virtuelle Welt zu kreieren, in der man sowohl seinen Sehnsüchten und Wünschen als auch seinen ureigensten Ängsten auf eine außergewöhnliche und exzessive Art begegnen kann.«

Schiefer erinnerte sich an sein Erlebnis von letzter Nacht. »Aus welchem Grund wollte er das?«

»Niels meinte, dass echte Kunst niemals aus bloßer Betrachtung, aus der Anschauung eines Gegenstandes entstehen kann. Eine solche Herangehensweise hatte er immer verachtet. Er suchte nach anderen Wegen. Doch er verfiel dem Eindruck, dass er seit geraumer Zeit nicht mehr richtig vorankam. Er hatte einfach schon zu viel ausprobiert. Alkohol, Drogen, Frauen, das Übliche. Er wollte etwas Neues. Die Erfahrung, seinem Innersten im Kern zu begegnen.«

Schiefer dachte an die Bilder, die er in Arsanás Atelier gesehen hatte. Carsten Bingstett führte weiter aus: »Bevor die Teleportation eines Körpers in das Computerprogramm stattfindet, wird er vom Rechner in seine kleinsten Teile zerlegt.«

Schiefer sah in das Feuer. Dann nahm er einen Schluck. »Das heißt, der Computer kennt jede Zelle meines Körpers. Er weiß um jeden meiner Gedanken. Und er kennt sogar das, was ich in meinem Gehirn verdrängt habe, was in mein Unterbewusstsein abgerutscht ist, was ich glaube, vergessen zu haben.«

»Das menschliche Gehirn, Kurt, ist der beste Computer der Welt. Es vergisst *nichts*.«

Schiefer starrte in die Ferne. Der untere Rand der Sonnenscheibe streifte die Wipfel der Palmen.

»Aber wer steuert das alles, wenn ich mich in diesem Programm befinde?«

»Kein anderer als Sie selbst. Sie entscheiden, ob Sie Ihrer Nachtseite oder dem Gegenteil davon begegnen wollen.«

»Aber ...«

»Ja, ja, ich weiß, was Sie sagen wollen. Also: Sie, und nur Sie entscheiden. Und wenn Sie sich entschieden haben, beginnt die Vorstellung. Entweder Sie machen Bekanntschaft mit den fürchterlichsten Dingen, die schrecklicher sind, als Sie sich das je hätten ausmalen können, oder Sie werden entführt in eine überwältigende Traumwelt. Das hat alles mit dem Setting zu tun. Diese Welt hier wurde von mir so programmiert, dass sie jede Gefühlsanwandlung hochgradig verstärkt. Deswegen sollten Sie aufpassen, was Sie fühlen.«

»Wie soll man so etwas denn steuern können?«

»Manche können es. Niels konnte es nicht.« Carsten Bingstett stand auf und ging zum Feuer. Er griff nach dem Früchtespieß, entfernte Bananen, Orangen und Ananasscheiben und legte sie auf einen großen Teller. Dann kam er zurück zu der Veranda, stellte den Teller auf einen Schemel zwischen die beiden Liegen und verschwand für einen Augenblick in der Hütte, um gleich darauf mit einem Glas Honig und einem Pinsel zu erscheinen.

»Niels suchte die absolute Inspiration«, erklärte Bingstett, während er den Pinsel in das Honigglas tauchte. »Nach dem ultimativen Erlebnis wollte er seine Erfahrungen in seine Bilder fließen lassen.«

»Haben Sie Niels Meyer umgebracht?«

Bingstett, der begonnen hatte, die Früchte einzupinseln, sah auf. »Nein! Warum sollte ich so etwas tun? Wir waren hier, beide. Niels hat seine Erfahrungen gemacht, und ich meine: Wir hatten uns getrennt. Irgendwann kam er an und sagte, er wolle jetzt zurück, um das, was ihm widerfahren war, in seine Bilder zu bannen.«

»Und dann?«

Bingstett legte den Pinsel beiseite. »Er ging zurück. Und das war's. Ich habe ihn seitdem nicht mehr gesehen.«

»Eugène Arsaná ist tot, und das wissen Sie. Sie waren vorhin überhaupt nicht überrascht, als ich den Tod eines Menschen erwähnte.«

Bingstett deutete auf den Teller mit den Früchten und machte eine auffordernde Geste, doch Schiefer reagierte nicht.

»Geben Sie zu, dass Sie Niels Meyer getötet haben!«

Bingstett sah den Kommissar ängstlich an. »Ich habe mit Niels' Tod nichts zu tun, ich ...«

»Dann sagen Sie mir endlich, was Sie wissen!«

»Gut. Also, ich bin noch einmal zurück. Ich machte mir Sorgen.«

»Warum?«

»Niels hatte sich mit den Worten ›Leb wohl‹ von mir verabschiedet. Das passte nicht zu ihm. Das kam mir irgendwie komisch vor. Ich ging also zurück, aber da hing er schon an der Decke! Das müssen Sie mir glauben!«

»Wie soll ich Ihnen noch irgendetwas glauben?«

Bingstett stand auf und ging in die Hütte. Als er wiederkam, hatte er eine Kassette in der Hand, die er Schiefer hinstreckte. »Das Videoband.«

»Und was ist da drauf?«

»Das weiß ich nicht. Ich habe hier kein Abspielgerät. In meiner Panik habe ich die Kassette aus dem

Camcorder entfernt und mitgenommen. Niels und ich hatten eigentlich nur unsere Teleportation abfilmen wollen. Aber ich glaube, dass Niels noch irgendetwas anderes mit der Kamera gemacht hat.«

Schiefer nahm das Band entgegen und stand auf. »Erklären Sie mir noch eins, bitte. Warum diese alte Ziegelei, diese Fabriketage?«

»Der Ort war sicher. Niels hatte die Schlüssel, niemand außer uns beiden wusste von der Halle.«

»Als wir dort ankamen, waren die Stahltüren geöffnet.«

Bingstett machte ein erstauntes Gesicht. »Tatsächlich? Vielleicht hat Niels die Türen aufgesperrt. Wie gesagt, er hatte ja die Schlüssel.«

Schiefer verabschiedete sich und trat auf die Lichtung. Dann drehte er sich noch einmal um. »Wie ...?«

»Die Löcher mit der fluoreszierenden Flüssigkeit. Einfach hineinspringen. Keine Angst.«

*

Hatte er das alles nur geträumt? Er sah auf die große Uhr, die sich über der Tür befand. Zwanzig nach zehn. Dann bemerkte er, dass er etwas in der Hand hielt. Ach ja, die Kassette.

In den Räumlichkeiten der Kriminaltechnik war niemand mehr. Offensichtlich hatten Krubatow und sein Team längst ihren wohlverdienten Feierabend angetreten. Auf einem Labortisch fand er die Kamera. Er schaltete das Gerät ein, legte die Kassette in den Camcorder und drückte auf »Play«.

»Mein Name ist Niels Meyer. Ich bin Künstler, ein Künstler von Weltrang, und das im Alter von nur 28 Jahren. Meine Kunst gründet auf dem Prinzip, dass alles, was ich male, geistig und spirituell durchlebt werden muss. Kunst darf niemals Kopie sein. Sie muss dem eigensten Inneren entspringen. Doch das, was ich in den letzten Tagen auf der anderen Seite der Realität erlebt habe, lässt sich nicht in Kunst fassen.

Ich wollte nie kopieren. Doch wenn ich versuchen würde, das auf die Leinwand zu bringen, was mir widerfahren ist, so würde das nichts weiter werden als ein billiger Abklatsch. Eine schnöde Kopie, schlecht und widerwärtig obendrein. Irgendjemand hat einmal gesagt, man solle gehen, wenn es am schönsten ist. Ich sage, man soll gehen, wenn man der Beste ist. Noch. Noch bin ich die Nummer eins.«

Der Mann mit den ausdruckslosen Augen hält die Wellpappe mit der »1« in die Kamera und hängt sich das Schild um den Hals.

»Noch bin ich der Beste. Aber wie lange noch?« Niels Meyer kehrt der Kamera den Rücken zu und geht nach hinten. Er wirft ein Seil um einen Stahlträger der Dachkonstruktion. Er knotet das Seil fest. Steigt auf einen Stuhl. Legt seinen Hals in die Schlinge und wirft mit seinen Füßen den Stuhl um.

Der Körper zuckt über mehrere Minuten immer wieder. Irgendwann hängt er nur noch stumm an dem Seil.

*

»Was, zum Teufel, machen Sie hier?«

Zum ersten Mal schrie ihn Julia Pawlowsky an. Kein Zweifel, die Frau war außer sich.

»Ich habe das getan, was meine Aufgabe ist. Ich habe den Fall gelöst«, antwortete Schiefer nicht ohne Stolz und sah seiner Assistentin in die funkelnden Augen.

»Wir haben Sie überall gesucht! Waren sogar bei Ihnen zu Hause. Was haben Sie sich eigentlich dabei gedacht, einfach so zu verschwinden?«

»Julia ...«

Der Kommissar kam nicht mehr dazu, sich zu rechtfertigen. Julia Pawlowsky hatte ebenso schnell sein Büro verlassen, wie sie gekommen war. Der Knall, den die Tür gemacht hatte, war immer noch im Raum zu spüren. Julia, Sie sind wunderschön, wenn Sie wütend sind. Ich liebe Sie ...

Er sah auf die schweigende Tür. Dann senkte er seinen Blick. Da stand ein Wort, das er auf einen Zettel notiert hatte. »Scheherazade«. Wieder und wieder fuhr er die Buchstaben mit einem Kugelschreiber nach. Scheherazade, die berühmte Geschichtenerzählerin aus *Tausendundeine Nacht*. Und der Name einer Katze.

Irgendwann stand er auf und ging hinüber zur Kaffeemaschine. Er nahm die Glaskanne aus der Halterung und musste mit einem Mal lächeln. Da krabbelte eine Spinne vom Henkel der Kanne auf seine Hand. Er sah genauer hin und erkannte ein Kreuz auf ihrem Rücken. Sonderbar, dachte er. Als er einen Schritt zurück in Richtung Schreibtisch tat, erkannte er plötzlich etwas zu seinen Füßen. Etwas, das da vorher noch nicht gewesen war.

Kurt Schiefer blickte in einen Abgrund, in dem eine lavaartige Flüssigkeit brodelte.

Fluoreszierend und rot.

Tessa Korber
Atemübungen

Ich sah die Polizisten aus der alten Fabrik kommen. Wo Marco sein Atelier hatte. Nicht, dass ich mir allzu viel dabei gedacht hätte. Dort übernachteten manchmal Penner und Junkies in den Kellern. Einer wird randaliert haben, dachte ich mir. Oder gestorben sein. So war es dann ja auch, und doch ganz anders: Marco war tot.

Zu dem Zeitpunkt wusste ich das noch nicht. Ich ging einkaufen, als ob nichts wäre, ich weiß es noch genau: Ich ging zu Rewe und wählte Hackfleisch und passierte Tomaten für das Abendessen und dazu eine Aubergine, während er an diesem Strick in der leeren Halle hing. Ich kann das vor mir sehen, aber begreifen kann ich es nicht: Ich hatte einen Ohrwurm, etwas Altmodisches – ich glaube: *Every breath you take* –, das ich vor mich hinsummte, während ich die Sachen auf das Band räumte. Ich legte eine Packung von Hennings Lieblingskaugummi dazu. Ich zögerte, ob ich einen der billigen Rosensträuße mitnehmen sollte, die in einem Eimer neben der Kasse standen. Es waren weiße, beinahe grüne Blüten mit einem rosafarbenen Rand, von so zarter Anmut. Währenddessen drehte sich der halb verweste Leichnam des Mannes, den ich liebte, an einem Seil über der Pfütze aus seinen Exkrementen, bis endlich, endlich die Blitzlichter verstummten und er abgenommen wurde.

Ich zögerte bei den Rosen für 2,99. Sie waren so verdächtig billig. Vermutlich voller Gift und von Kindern in Afrika geerntet. Marco erzählte mir solche Dinge. Ehe ich ihn kannte, hatte ich nie über so etwas nachgedacht.

Hatte ich überhaupt gedacht? Für Marco war nichts selbstverständlich. Er sah die ganze Welt in Zusammenhängen, malte sie einem in Bildern, in seinen Bildern, die manchmal schön waren, manchmal schrecklich, aber immer neu und faszinierend. Seit ich mit seinen Augen sah, lebte ich.

Später, als ich die Bilder betrachtete, mit denen eine Kamera sein Sterben eingefangen hatte, starb ich. Ich werde nie wieder Rosen anschauen können.

Dass etwas nicht stimmte, merkte ich, als Uwe nicht zum Essen kam. Das passierte häufig; so ist das eben, wenn man mit einem Polizisten verheiratet ist. Meistens allerdings rief mich wenigstens seine Sekretärin an. Einmal hatte sie am Telefon gesagt: »Frau Bogner, ich weiß ja, heute ist Ihr Geburtstag. Aber die Herren vom BKA sind gerade gekommen, und die Besprechung wird sich noch ein bissl hinziehen ...« Ich hörte gar nicht zu. *Sie* wusste, dass ich Geburtstag hatte. »Weiß Uwe das auch?«, fragte ich sie. »Hat er Sie gebeten, sich zu melden?«

»Er hat gesagt, ich soll sagen: Geh nicht weg.« Sie klang, als würde sie es ablesen.

»Geh nicht weg«, das war einmal ein Scherz gewesen zwischen uns, zum ersten Mal ausgesprochen, als wir noch frisch verliebt waren und voller Angst, der andere, eben gefunden, könnte tatsächlich wieder verloren gehen. Jahrelang war es eine kleine Liebeserklärung, die Worte auszusprechen, jedes Mal. Inzwischen also wurden sie von Boten überreicht. Und nach und nach klangen sie für mich wie eine Drohung.

Die Soße kochte ein, was ihr gut bekam. Henning aß und kleckerte reichlich. Wir saugten die Spaghetti um die Wette in den Mund. Ich ließ ihn danach noch raus zum Spielen; die Sommerabende waren warm.

Ein Kunde rief an, und ich diskutierte mit ihm, während ich zusah, wie Henning auf der Schaukel saß. Hin und her, und hin und her. Ich spürte, er war auf Reisen, war ganz woanders, nicht mehr in unserem Garten, sondern an einem magischen Ort. Ich legte meine Hand auf die Scheibe und wünschte, ich wäre es auch. Wünschte, mein Sehnsuchtsort wäre nicht so weit fort von dem meines Kindes und trüge nicht den beschämenden Namen Ehebruch. Doch ich schaffte es nicht, mich zu schämen.

Dann gönnte ich mir ein zweites Glas Rotwein und schaltete den Fernseher ein. Sie brachten es schon: Marco S., der international bekannte Maler, war tot. Ich würde gerne sagen, dass ich das Glas fallen ließ. Oder dass ich aufschrie. Aber es geschah nichts, einfach nichts. Das Programm lief weiter, ernste Gesichter, noch keine näheren Hinweise, ein Mord nicht ausgeschlossen. Ein Verlust für die Kunstwelt. Dann die Krise in Venezuela nach Chavez' Tod. Die Champions League. Das Wetter. Eine Serie begann. Ich saß einfach da. Sagte nichts, tat nichts. Nur als die Katze wie üblich beim Fernsehen auf meinen Schoß sprang, um sich für eine Runde Streicheleinheiten zusammenzurollen, fegte ich sie mit einer einzigen brutalen Bewegung beiseite. Das Weinglas fiel um wie in Zeitlupe.

Irgendwann stand ich auf, schloss die Fenster und die Terrassentür sorgfältig. Und schrie. Ich meine: Ich glaube, dass ich schrie. In meiner Erinnerung höre ich es nicht. Da ist nur Hennings erschrockenes Gesicht, das sich an die Scheibe presst.

Komisch, aber das, was in mir aufstieg, war nicht Trauer, sondern vor allem Wut. Ich beschimpfte Marco. Verfluchte ihn, dass er gestorben war und mich zurückgelassen hatte. Dass er mich alleinließ. So ein dummes, verantwortungsloses Arschloch – einfach zu sterben, sich mir zu entziehen. Nie mehr das Lächeln in seinen Augen, wenn er die Tür öffnete, nie mehr der noch warme Geruch in den Kleidern, die er ausgezogen hatte, ehe er ins Bad ging, um sich die Farbe abzuwaschen, während ich auf ihn wartete und heimlich das Gesicht wie ein Teenager in seine Sachen wühlte. *Ich atme dich* – ein Bild hat er so benannt, nachdem er mich ertappt hatte. Jetzt würde er nie mehr aus der Dusche kommen, ich würde ewig warten. Allein. Allein! Ich hasste ihn. Er war gegangen.

Ich hob den Kopf, lächelte und ahmte Hennings platt gedrücktes Gesicht nach, indem ich mir den Finger an die Nase presste. Unauffällig wischte ich mir die Tränen ab und zog eine Grimasse. Henning lachte, streckte mir die Zunge raus. Ich tat es ihm nach, schielte, heulte. Nach einer Weile hatte er genug von dem Spiel und hüpfte zum Sandkasten. Ich ging ins Bad, starrte mein Gesicht im Spiegel an: allein. »Marco«, sagte ich. Der Spiegel beschlug von meinem Atem, doch als ich den Finger ausstreckte, um Marcos Namen hineinzuschreiben, war der Hauch schneller als ich und verschwand.

Vorbei. Schlimmer noch: Er hatte sich umbringen lassen und sich damit in die Hände meines Mannes begeben. Ihm gehörte er jetzt: dem Leiter der Mordkommission. Es war der schlimmste Bruch unserer Intimität, der sich vorstellen ließ. Marco, mein Marco, sein wunderbarer Körper, der mein Geheimnis gewesen war, meines allein, wohlbehütet, bittersüß und berauschend: Er lag auf den Stahltischen der Pathologie, Uwes Blicken preisgegeben. Und denen von Hans Benedikt, Uwes Assistenten, der Kaugummi kaute, wenn er Mordopfer betrachtete und dabei die Fäuste in die Taschen seiner albernen Lederjacke stemmte, Fäuste, von denen aus sich ein Tattoo über seine Unterarme zog, eine rote Rose, von der Blutstropfen wie Tränen auf seinen Namenszug herabfielen. Polizist und tätowiert, das fand er vermutlich cool.

Anfangs war Hans manchmal zum Essen hier gewesen, mit seiner Freundin. Jasmin war nicht unsympathisch, aber die Chemie zwischen uns vieren hatte nie ganz gestimmt. Die Abende hatten mich angestrengt, uns alle, glaube ich, auch wenn die Männer einen auf laut und Kumpelfreundschaft und Wissen-wie's-läuft machten. Ich ließ sie gewähren, es war das Einfachste. Bis dann eines Tages dieser junge Vietnamese starb. Und Freispruch von der Dienstaufsicht hin oder her: Wir alle wussten, dass Hans ihn erschossen hatte. Und dass Uwe Hans deckte. Ich werde nie begreifen, wieso. Uwe sagte dasselbe. Das heißt, er schrie es: »Du wirst das nie begreifen!« Ich verlangte, dass Hans unser Haus nicht mehr betrat, und die ungemütlichen Abende endeten. Ab da saßen wir das wachsende Schweigen zwischen uns zu zweit aus, Uwe und ich. Das heißt, ich schwieg. Er knirschte mit den Zähnen, dass man es beinahe über den Esstisch hören konnte. Und seine Finger, die trommelten immer diesen Rhythmus auf den Tisch, schnell und nervös. Und jedes Mal fragte ich mich, was geschehen würde, wenn der Rhythmus endete.

Es dauerte eine Weile, bis ich begriff, dass das Pochen, das ich nun hörte, nicht von Uwes erzürnten Fingern stammte, sondern von Henning, der hereinwollte. »Ich komme«, rief ich und lief die Treppen hinunter, während ich mir die Tränenspuren noch einmal gründlich vom Gesicht wischte.

»Komm rein«, sagte ich betont forsch und fröhlich. »Oh, oh, Sandkuchen mit Tomatensoße. Das ist ein Fall für die Badewanne.« Mit einem Klaps schickte ich ihn die Treppe hinauf. »Und pass auf, dass die Wanne nicht wieder überläuft!« Henning kicherte. Die Badezimmertür klappte zu. Ich ging in die Küche und übergab mich in die Spüle.

Uwe kam erst weit nach Mitternacht. Das Haus war still. Aufgeräumt. Der Weinfleck auf dem Wohnzimmerboden entfernt und trocken geföhnt. Henning schlief schon lange. Ich saß am Tisch im Esszimmer, als hätte ich auf Uwe gewartet – das hatte ich aber nicht. Ich hatte nur nicht gewusst, wohin mit mir. Eine Weile hatte ich mich nicht einmal setzen können; ich war steif vor Hass.

Die Haustür ging. Es klapperte an der Garderobe. Ich hörte das schleifende Geräusch, als er seinen Mantel auszog. »Hallo, Schatz.« Wie immer noch halb im Flur gesprochen. Und wie immer drehte ich im letzten Moment das Gesicht weg, und sein Kuss landete irgendwo zwischen Kinn und Jochbein. Warum hörte er nicht damit auf, fragte ich mich. Er war wie ein Pitbull, der sich in sein Spielzeug verbissen hat.

»Entschuldige«, sagte er. Wie immer. »Eine Leiche.«

Ich überlegte, wie ich fragen sollte. Ich hatte die letzten Stunden an nichts anderes gedacht. »Das aus dem Fernsehen?«, wollte ich sagen. »Das«, nicht »der«. Keine Namen, nicht einmal ein persönlicher Artikel. Nicht Marco.

Doch ich kam nicht dazu. Uwe legte mir etwas auf den Tisch. Eine SD-Speicherkarte. Ich wusste im selben Moment, in dem er sie wortlos vor mir platzierte, was sie enthielt. Vielleicht, weil er schwieg. Aber nein, das genügt nicht, um es zu erklären. Nicht dieses intensive Gefühl der Gewissheit, das seine Botenstoffe durch meinen Körper schickte, bis in die Fingerspitzen, in die Füße hinab, durch meine Eingeweide. Überall sickerte es: das Nie-wieder-gut. Die Angst. All meine Glieder ließ es schwach werden. Es löste meine Umrisse auf. Es schien mir wie ein Wunder, dass ich in der Lage war, mich zu bewegen.

Doch genau das tat ich. Ich nahm die Karte, ging zu meinem Mac, der in meiner Arbeitsecke im Wohnzimmer stand, schaltete das Gerät an und schob das kleine Ding in den Kartenleser.

Uwe kam mir nach, die Hände in den Hosentaschen. Er hinderte mich an nichts, offenbar tat ich genau das, was er wollte. Mit einem leisen »Bing« begrüßte mich der Computer. Meine zitternden Hände bewegten die Maus auf gut Glück, und doch: Alles gelang. Ich arbeitete wie immer. Als täte ich es für einen Kunden, als bearbeitete ich eine Präsentation. Ich ging ins Verzeichnis und öffnete die Datei. Es war eine Videoaufzeichnung.

SD-Karten sind Speichermedien für z.B. Camcorder. Ich persönlich schätze sie nicht sehr, ich bevorzuge die Mini-DVD, weil sich das dort Aufgenommene mit den meisten Bildprogrammen besser bearbeiten lässt. In meinem Job, ich bin Mediengestalterin, kann das sehr wichtig sein. Aber diese Datei, das wurde mir schnell klar, war nicht gemacht worden, um bearbeitet zu werden. Sie war einzig und allein für mich, für diesen Moment. Sie war so sterblich und flüchtig wie der Mensch, den sie zeigte.

»Marco.« Ich konnte nicht anders, als seinen Namen zu flüstern. Da war etwas in seinem Gesicht, als er in die Kamera blickte – nicht etwa Panik, Todesangst, Verzweiflung. Auch kein Warum. Nein, da war etwas, von dem ich glauben wollte, dass es für mich war, dass er gewusst hatte, dies war der letzte Moment, in dem wir uns in die Augen blicken konnten. Und dass er mir geben wollte, was er zu geben hatte. Der Ausdruck verschwand, als Uwe, der hinter ihm stand und den Arm um seinen Hals gelegt hatte, den Druck seines Würgegriffs erhöhte.

»Du wusstest es.« Ich sagte es tonlos. Die Frage war beantwortet. Natürlich, dachte ich im selben Moment. Du bist die Frau eines Polizisten. Eines eifersüchtigen Polizisten. Was hast du erwartet? Ich hatte nicht nachgedacht. Jetzt dachte ich an so vieles auf einmal: Telefonüberwachung, verdeckte Ermittler, die mir folgten, weil er was bei ihnen gut hatte. Versteckte Kameras. Doch es war zu spät.

Uwe lachte. »Zerbrich dir nicht den Kopf«, sagte er.

Ich sah auf dem Bildschirm, dass Uwe sprach, sein Mund ging auf und zu. Er schüttelte Marco. Machte er ihm Vorwürfe? Beschimpfte er ihn? Verlangte er Antworten? Ich war dankbar, dass das Video ohne Ton aufgenommen war. Lautlos ging es vor sich, dass Marco niedergerungen wurde. Dass ein Stuhl herangezerrt, in einem Kampf umgetreten, erneut herbeigeholt wurde. Dass Marco sich wand und um sich schlug. Bis der Strick um seinen Hals lag. Bis er auf dem Stuhl stand, nach oben gezogen an dem Seil, bis seine Füße beinahe den Halt verloren. Hätte ich seine Schreie gehört, sein Atmen, ich hätte es nicht ertragen.

Noch einmal trat Uwe vor die Kamera, posierte vor seinem hilflosen Opfer, sagte etwas. Zu mir?

»Wann war das?«, fragte ich und blinzelte. »Wann hast du ihn abgepasst?« Ich wollte den Moment kennen, den ich nicht gespürt hatte, an dem die Welt nicht untergegangen war, obwohl sie es verdammt noch mal hätte tun sollen. Was hatte ich getan in diesem Augenblick: mir die Zähne geputzt, einen Brief geschrieben?

Uwe räusperte sich. Auch sein Hals war also trocken. Ich hörte sein Hemd rascheln. Er zog eine Packung Zigaretten aus der Tasche. Normalerweise wurde im Haus nicht geraucht. Ich mochte es nicht. Das Feuerzeug klickte. Ich nutzte den Moment, um eine Tastenkombination zu drücken. Er hörte es nicht. »Vor drei Tagen«, sagte er hinter meinem Rücken und blies den Rauch aus, langsam, laut, damit ich es auch begriff. »Ich dachte, ehrlich gesagt, du würdest ihn finden. Den Anblick hättest du im Leben nicht vergessen.«

Er kicherte, doch es lag Enttäuschung in seiner Stimme. Ich war nicht vor Ort gewesen. Ich saß hier, steif wie ein Stück Holz, weinte nicht einmal. Schrie nicht herum. Kein Jammern, keine hilflosen Vorwürfe, wie früher, bei anderen Gelegenheiten. Kleineren. Sogar ich begriff, dass das unbefriedigend für Uwe sein musste. Doch noch war er satt von seinem Sieg. Er hatte Marcos Blut getrunken, was konnte er mehr wollen? Im Film zog er Marco hoch und knotete das Seil an einem Stahlträger fest. Marco griff mit den Händen an seinen Hals.

»Ich wartete darauf, dass Marco sich meldet. Er sagte, ich solle warten, es würde eine Überraschung werden, eine wunderschöne«, sagte ich.

Uwe blies den Rauch aus. »Eine Überraschung, hm.« Er lachte leise.

Marcos Beine zuckten. Erst heftig, dann weniger. Ein dunkler Fleck erschien in seinem Schoß, wuchs und erblühte und verbreitete sich über den Stoff seiner Hose. In meine Augen traten Tränen. Ich zwinkerte sie fort.

»Er hat ein Bild von dir gemalt«, sagte Uwe. »Nicht den üblichen abstrakten Scheiß. Sogar ich hab dich erkannt. Natürlich habe ich es vernichtet. Du wirst es nie zu Gesicht bekommen.«

»Das Schild«, fragte ich, »was sollte das?« Ich wies auf den Bildschirm, wo die Pappe mit der aufgemalten Ziffer 1 gerade dicht vor der Kamera baumelte.

Uwe drückte die Kippe aus, ich drückte ein weiteres Mal die Tasten. »Das ist für dich«, sagte er, »als Warnung. Der Nächste, mit dem du herumhurst, wird die 2 tragen.«

»Du hättest mit der 5 anfangen müssen«, sagte ich, spontan, ohne nachzudenken. Es war gelogen. Und nach einem kurzen Moment, in dem ich hoffte, er würde mich schlagen, begriff er es auch und ließ die Hand sinken. Schade. Wie gern hätte ich den Schmerz gespürt, mein Blut geschmeckt. Es wäre das Mindeste gewesen, mein Opfer für den Toten.

Der Film bewegte sich auf sein Ende zu. Uwe wartete es nicht ab. Er riss die Karte aus dem Lesegerät und zerbrach sie mit einiger Mühe. Die Teile warf er auf den Tisch und zertrümmerte sie mit dem Rosenquarzbrocken, der vor meinem Bildschirm lag, bis nur noch Splitter übrig waren, Metall, Plastik und Quarz, die er mit der Hand in den Aschenbecher wischte und dort zusammen mit den erstbesten Papierfetzen, die er fand, in Brand setzte. Er wartete, bis das meiste Asche war. Auf der Treppe drehte er sich noch einmal um. »Geh nicht weg«, sagte er und zeigte mit dem Finger auf mich, so wie der Held in einem amerikanischen Film, so wie damals. Er lachte. Dann ging er schlafen.

Als die Tür oben zuklappte, rief ich die beiden Standfotos, die ich von dem Film gemacht hatte, auf. Sie zeigten den kompletten Bildschirm mit seinen vertrauten Ordnern und Farben, dem Datum, allem. Und sie zeigten Marco, der dort hing, und Uwe, der ihn hängte. Und den Arm eines Mannes. Tätowierte Rose. Blutstropfen, wie Tränen auf dem Namen »Hans«. Der Arm wedelte, um Uwe weiter nach links zu schicken; Hans hatte wohl die Kamera geführt. Mit ihm hat Uwe gesprochen, nachdem er Marco das Seil um den Hals gelegt hatte. Nicht mit mir – mit ihm, seinem Helfer, seinem Mitwisser. Seinem besten Freund, bei dem er noch was gut hatte. Mord gegen Mord.

Aus dem Schlafzimmer drang Schnarchen. Wie lange betrachtete ich die Bilder schon? In der Stiftedose steckte auch die Schere, mit der ich Postsendungen öffnete. Ich nahm sie in die Hand und fragte mich, was Uwe glauben ließ, dass ich noch etwas zu verlieren hätte.

Auf dem Weg nach oben musste ich an Hennings Zimmer vorbei. Die Tür stand offen. »Mama?«, erklang es schlaftrunken. Ich steckte die Schere hinten in meinen Hosenbund und ging zu ihm hinein, in den bläulichen Schimmer des Nachtlichtes, eines Polizeiautos mit Blaulicht. »Hat Papa mir gute Nacht gesagt?«, murmelte er.

Ich neigte mich über ihn und strich ihm die Haare aus der Stirn. »Klar«, log ich, wie immer. »Er hat dich hier und hier« – ich drückte ihm zwei Küsse auf die

Augen – »geküsst und dir gewünscht, dass du im Schlaf ganz viele Räuber fängst.«

»Ich werd mal ein berühmter Kommissar.« Das sagte er schon fast im Schlaf. Ich begriff, während ich seinen süßen Schlafduft einatmete, dass ich in der Tat etwas zu verlieren hatte. Henning würde nicht morgen früh erwachen müssen, um sich von einem Polizeipsychologen erklären zu lassen, dass seine Mama seinen Papa erstochen hatte und er jetzt in ein Heim käme, aber alles gut würde. Und er würde auch nicht erleben müssen, wie sein Held vom Podest stürzte und ins Gefängnis ging. Ich hatte die letzten Wochen nicht so viel an Henning gedacht, wie ich sollte. Aber das würde ich ihm nicht antun. Eine ungetreue Ehefrau mochte ich sein, eine schlechte Mutter war ich nicht.

Leise ging ich die Treppe wieder hinunter, steckte die Schere zurück und dachte nach. Dann verschlüsselte ich die beiden Standbilder und schickte sie per Mail an meine Freundin Meike, die Anwältin war. Ich schrieb nur wenige erläuternde Worte hinzu. Das Passwort für die Entschlüsselung sandte ich an meine Eltern. Sie sollten es Meike geben – und nur Meike –, wenn sie es verlangen sollte. Der Zeitpunkt dafür wäre, was ich ihnen nicht schrieb, mein unerwartetes Ableben. Damit war das geregelt.

Blieb noch der Griff zum Telefon. »Ich habe den Film gesehen«, sagte ich.

Hans spielte seine Rolle gut. »Wovon, zum Teufel, redest du?«, fragte er. Nicht originell, aber er tat ausreichend gereizt. Zeigte gerade das Quäntchen Ungeduld, das man der anerkannt hysterischen Frau eines Kollegen gegenüber aufbrachte. Ich ging nicht darauf ein. »Du hättest dein Tattoo nicht vor die Kamera halten sollen«, sagte ich.

Daraufhin herrschte erst einmal Schweigen. Dann erklärte ich ihm, dass die Bilddateien existierten und darauf warteten, der Staatsanwaltschaft übergeben zu werden. Das wäre dann das Ende der verschworenen Freunde.

»Die Screenshots sind an einem sicheren Ort. Aber sie werden niemals das Licht der Öffentlichkeit erblicken, wenn du tust, was ich verlange.« Ich stand auf und ging in die Küche, um nach Einweghandschuhen zu suchen.

Ich hörte, dass er einen Kaugummi kaute. »Und was willst du?«, fragte er.

»Ich glaube, dass du das weißt«, sagte ich und zog mir die Handschuhe über. Dann angelte ich im Altpapier nach einem Stück Pappe, das ich gründlich reinigte. »Ihr habt der Stadt einen Serienmörder geschenkt, Uwe und du. Zeit, dass er wieder zuschlägt, meinst du nicht?«

Ich nahm einen schwarzen Edding und malte entschlossen eine große, fette 2 auf das Pappschild. Dann schob ich mein Werk in einen Umschlag, den ich aus seiner Originalverpackung holte. Keine Spuren, die zu mir führten, danke wenigstens dafür Uwe, ich habe von dir gelernt.

Oh ja, Hans würde verstehen, was ich wollte. Wann, wo, wie er Uwe erledigte – das war seine Sache. Diesmal würde kein Künstler das Opfer sein. Doch um das Muster in dieser Serie sollten sich andere sorgen.

Ich lehnte mich zurück und atmete aus. Und ein. Und aus. Ich atmete nicht mehr Marco. Ich atmete nur noch weiter. Was blieb mir sonst zu tun?

Petra Nacke
Schwein 1.0

... der Choreograf und künstlerische Leiter der Transformer Dance Group, Ruben Conelly, als vermisst gemeldet. Dies wurde vonseiten der Polizei bestätigt. Conelly gilt als Erneuerer des modernen Tanztheaters. Vor zwei Tagen wurde er bei der Premiere seines neuen Stücks Deep Dry Red *zum letzten Mal gesehen. Sachdienliche Hinweise zu Conellys Verbleib nimmt jede Polizeidienststelle entgegen. Die Eintrittskarten für die bereits entfallene Vorstellung und die verbleibenden zwei Gastauftritte der TDG werden bei allen offiziellen Vorverkaufsstellen sowie an der Abendkasse des Staatstheaters rückvergütet.*

Zum Wetter ...

*

Eins. Null. An. Aus. Leben. Tod.

Und dann – der Wetterbericht. Schon witzig, oder? Du hängst hier rum, und da draußen geht es ums Wetter. So einfach ist das.

Eins. Null. Sonne. Regen. Speed. Benzos.

Benzos für dich – Speed für mich. Ja, ja, ich weiß schon: ich muss warten. Erst bist du dran. Nun hör schon auf mit dem Gezappel! Du musst dich hier nicht beweisen, weißt doch, dass ich immer auf Pause gehe, wenn ich dir die Pillen reinschieb. Und sei ehrlich: Der kleine Schluck Wasser tut gut, oder? Kannst die Dinger natürlich ausspucken, aber ich garantier dir, sie machen das Ganze erträglicher, findest du nicht? Klar, das findest du auch. Braver Junge! Gut gemacht. Und jetzt – ich.

Ist ein bisschen wie früher. Okay, da war es Koks und nicht so ein beschissenes Garagenspeed aus dem Osten – siehst du das? Lässt sich kaum aufhacken, der Dreck! Und die Maske nervt echt, Mann! Macht es nicht gerade leicht, das Zeug in die Nase zu ziehen – Scheiß-rüssel! Ah ... jetzt. Aber, ich mein, das Prinzip – und da kann man noch so viel an diesem klebrigen Scheiß aus-zusetzen haben –, das Prinzip ... ist dasselbe geblieben. Wach sein, wach bleiben, an sein.

Eins. Null. An. Aus. Verstehst du? So einfach ist das – nein: Es ist brillant! Etwas ist, oder es ist nicht. Sein oder Nichtsein. Aber wem sag ich das.

In meinem Job geht es immer darum, das Ding zu rei-ten, der Maschine was beizubringen, okay? Die Maschine dahin zu kriegen, dass sie tut, was du willst. Und ich rede hier nicht von so nem beknackten Milchaufschäumer! Ich rede von Kunst. Von wirklicher Kunst! Sie oder ich? So ist das. Die Kiste kapiert es, oder sie kapiert es nicht. Aber man muss sie verstehen, muss wissen, wie sie tickt. Muss den Code im Blut haben. Genau wie sie. Der Code ist ihr Blut. Der Code ist ihr Leben, oder, wenn du's hoch-gestochen willst: Der Code ist ihre Seele. Ja, Alter. Der Code ist die Seele der Maschine.

Die Maschine schläft nie, verstehst du? Kann sie nicht. Braucht sie nicht. Ist kein Mensch! Ist nicht so was wie du und ich. Die hat keinen Hunger oder Durst. Die muss nicht aufs Klo oder geliebt werden. Die weiß nicht, dass es so was wie Liebe gibt oder Sex. Die weiß nicht mal, dass es sie selber gibt. Die rechnet nur, denkt nicht, fühlt nicht.

So was nenn ich Reinheit, vollkommene Reinheit.

Schau dich daneben an! Du hängst hier jetzt – lass mal sehen – knappe dreißig Stunden und stinkst schon wie so ein gottverdammter Penner, der sich in die Hose geschissen hat.

Aber mach dir deswegen keinen Kopf, Mann. Das ist vollkommen normal, wenn man ein Mensch ist und nicht so kann, wie man will. Und du kannst ja wirklich nicht so, wie du willst.

Aber das Geschirr ist gut, oder? Sollte kaum einschneiden. Klar, das Blut staut sich in den Armen und in der Brust, aber es wäre schlimmer ohne Benzos, glaub mir. Benzos entspannen einen. Da kann man noch so aufgedreht sein. Die bringen dich runter – also im übertragenen Sinn ›runter‹.

Jetzt schau nicht so! Ist schon in Ordnung. Deine Fans können dich nicht riechen, die könnten dich auch nicht hören, wenn du schreien würdest. Die sehen dich nur, im Stummfilm quasi – vorausgesetzt natürlich, sie sind online und haben dich gefunden im Netz. Aber die Chancen stehen gut. Du bist nämlich nicht nur auf *Chatroulette*, sondern auch bei *Bazoocam* eingeloggt, und das heißt eine Million Zugriffe pro Tag, mindestens. Mit Sicherheit sind es mehr. Ja – ganz sicher sind es mehr!

Chatroulette. Mann, was für eine geile Idee! Das Programm ist im Grunde simpel. Das kann sogar ein Anfänger schreiben. Man muss nur erst mal auf die Idee kommen, und einer ist eben auf die Idee gekommen. Ist klar, dass es ein Russe war. Die Russen sind fit und haben keine Skrupel. Die wissen, wie die Menschheit drauf ist und sorgen dafür, dass sie kriegt, was sie braucht: Sex, Drugs, Rock 'n' Roll. Und alles vollkommen anonym. Du meldest dich an und wirst mit irgendwem verbunden, der auch gerade drin ist. Deshalb *Chatroulette* – witzig, nicht!? Ist vollkommen egal, wo du bist, oder wo der andere ist. Du kannst auf den Bahamas sitzen, und der andere in irgendeinem Kaff in Sibirien oder im hintersten Friesland. Ist auch wurscht, wie spät es ist. Du loggst dich nur ein und bist dabei. Nur ein paar Klicks. Du brauchst nichts weiter als einen Rechner, ein Netz und eine Webcam. Genial einfach, oder?

Das Ding läuft noch keine fünf Jahre – noch keine fünf Jahre, ey! –, aber der Typ, dem es gehört, dürfte jetzt schon in Dollars baden. Der kann den Rubel rollen lassen, oder! Der kann den verdammten Rubel rollen lassen! Der muss sich nicht dieses billige Zeug in die Nase ziehen wie ich. Der Kerl ist für alle Zeiten saniert.

Und ich bin am Arsch. Ich bin so was von am Arsch, Mann – wegen Typen wie dir!

Ja, ja, ich weiß schon: Du hattest nichts damit zu tun, das waren andere. Es sind ja immer die anderen! Ich hatte damals auch nichts damit zu tun – nicht im eigentlichen Sinn. Aber hat mich jemand gefragt? Hat mich jemand angerufen und gesagt: ›Du, wir haben da so ein Projekt vor. Ein künstlerisches Projekt, bei dem geht es um Irritation, ums Verschwimmen von Realität und Fiktion. Wir hängen jemanden an der Decke auf, lassen die Webcam mitlaufen und stellen das Ganze auf so ne

Internetplattform. Der Mann hat eine Schlinge um den Hals und pendelt sachte vor sich hin. Sieht aus, als wäre er tot. Voll realistisch. Aber keine Angst, das ist nur eine Performance. In Wirklichkeit ist der an einem Bergsteigergeschirr aufgehängt.

Dann filmen wir die Reaktion der Chatter, okay? Wir speichern alles, was sie gemacht haben. Jedes Lachen, jeden blöden Gesichtsausdruck, jeden bescheuerten Kommentar. Und dann machen wir daraus eine Filmmontage, die erst ins Netz und dann ganz analog um die Welt wandert. Von Ausstellung zu Ausstellung. Und neben den Monitor stellen wir ein Schild, auf dem steht in der jeweiligen Landessprache, dass es Tausende von Klicks gedauert hat, bis der Erste von diesen Internetspannern auf die Idee gekommen ist, die Polizei zu verständigen. Ist doch eine geile Idee, oder? Hast du Lust, mitzumachen?‹

Hat man mich das gefragt, hä? Hat man das?

Nein. Hat man nicht. Die haben einfach meine Fresse genommen und sie in ihre Scheißkunst eingebaut. Jeder konnte mich sehen. Jeder kann mich heute noch sehen – das Netz vergisst nie! Jeder verdammte Gutmensch kann den Empörten spielen und sich das Maul über so ein Schwein wie mich zerreißen!

Willst du wissen, warum ich diese Maske trage, hm? Eine Schweinemaske, obwohl ich doch für unsere Webcam gar nicht zu sehen bin? Die ist für dich, mein Alter. Ist sozusagen eine Chance für dich. Genau wie das Schild um deinen Hals – vorne ne Eins, hinten ... na, das kannst du dir ja denken. Und dann ist sie für mich. Für später. Für meinen kleinen Schweineauftritt. Eine

Schweinefresse, weil die mich zum Schwein gemacht haben.

Von daher: Reg dich bloß nicht auf, dass du jetzt hier hängst und nicht die, die es verbockt haben. Du bist viel näher dran, als ich es damals war. Du machst bei deinem Tanzkaspertheater doch auch was mit – wie nennt ihr das in eurem Programm ... ›Interaktiver Bodytalk. Eine künstlerisch faszinierende Verschmelzung von Mensch und Computerprogramm‹.

Dass ich nicht lache! Ihr lasst euch von außen steuern. Von einem Rechner. Du übersetzt die Befehle der Maschine in Bewegungen, bist so ne Art Interface, oder? Ein menschlicher Digital-analog-Konverter.

Wie hat die Radiotante dich vorhin genannt – den Erneuerer des modernen Tanztheaters. Scheißdreck! Eine Marionette bist du! Eine erbärmliche Marionette, die sich von einer Maschine dirigieren lässt. Und die anderen schwitzenden Freaks, die zusammen mit dir da oben rumturnen, sind die Software: Tanz den Algorithmus, was? Mann – wie blöd ist das denn!

Ach was, Schwamm drüber. Die meisten Leute sind sowieso nur Anwender. Ihr Zecken wendet an, was Leute wie ich erschaffen. Hast du überhaupt eine Ahnung, wie lange es dauert, bis man ein Programm geschrieben hat, das so funktioniert, wie es soll? Weißt du, wie man sich fühlt, wenn man wie irre versucht, den Bug im Code zu finden, weil dieser beschissene Bug immer wieder zu Navigationsfehlern führt? Navigationsfehler, hm? Sagt dir nichts? Du drückst einen Befehl und kommst wo raus, wo du nie hinwolltest, Mann!

Aber das kann dir ja wurscht sein, du bist ja bloß einer von diesen Anwendern. Echt, du kannst dir gar nicht vorstellen, wie ihr mich ankotzt!

Aber nicht dass du das jetzt falsch verstehst: Du hängst hier nicht, weil du ein bescheuerter Anwender bist – da hätte ich viel zu tun. Du hängst da oben, weil du einer von denen bist, die mich zum Schwein gemacht haben, und weil der Zufall es so wollte. Das war ein bisschen wie russisches Roulette. Also nimm's nicht persönlich! Und denk dran: Noch bist du ja ne Eins.

Ich muss mir die Beine vertreten, muss mich n bisschen bewegen – weißt schon, das Speed! Nein, du brauchst keine Angst zu haben, ich komm bestimmt wieder. Einmal auf jeden Fall noch. Außerdem check ich mal die Lage da draußen und leg sogar ne kleine Spur, um deine Chancen zu steigern. Da staunst du, was! Ich erklär's dir später. Muss jetzt los. Willst du n bisschen Radio, damit es nicht zu langweilig wird? Ach ja – und schon deine Kräfte! Rumzappeln verbraucht Flüssigkeit!

*

... nun auch von offizieller Seite bestätigt, dass der gefeierte Tanztheaterstar Ruben Conelly entführt wurde. Durch einen anonymen Anruf wurde die Polizei auf eine Internetplattform hingewiesen, auf der Conelly in einem sogenannten Livestream zu sehen ist. Er trägt ein Schild mit der Ziffer 1 um den Hals und scheint noch am Leben zu sein. Die Polizei versucht fieberhaft, seinen Aufenthaltsort zu ermitteln, geht aber aufgrund von Indizien davon aus, dass sich der entführte Künstler immer noch hier in der Stadt befindet, wo

er am Samstag zum letzten Mal in Freiheit gesehen wurde. Internetnutzer, die den Namen der Plattform kennen, werden dringend gebeten, ihn nicht weiterzugeben, um den Server des Betreibers nicht zu überlasten und die Ermittlungen und damit das Leben Conellys nicht zu gefährden!

*

Aufgrund von Indizien, was? Soll ich dir sagen, was das für Indizien sind? Das war ich. Das war meine Spur. Eine Spur, so fett wie ein Elefantenarsch! Eine Mail aus einem Internetcafé, gar nicht mal weit von hier, damit die Spacken in Uniform nicht ganz so blind rumkrampfen.

Zu uns beiden hier lässt sich nämlich gar nichts rückverfolgen. Ne offene IP-Adresse kriegst du raus, okay. Ist überhaupt kein Problem. Aber nicht, wenn du über nen Proxyserver gehst. Hab ich natürlich gemacht. Bin doch nicht blöd! Das heißt, die sehen dich im Internet, haben aber keinen Schimmer, von wo die Bilder kommen. Im Prinzip könntest du überall hängen – in China, in Amiland oder auf dem Mars, falls der online ist. Den Standort verschleiern! Das ist das Ding mit nem Proxyserver.

Meinst du, ich bin so beschränkt, denen von Anfang an ne Adresse in die Hand zu drücken? Bitte sehr, euer Tanzcrack hängt hier in XY in der YZ-Straße, Nummer soundso, dritter Stock? Nulliger! Ganz so leicht wollen wir es denen nicht machen, oder? Eine Chance, ja. Jetzt mit dem Internetcafé. Jetzt wissen sie, dass du hier bist. Hier in der Stadt. Hier ganz in der Nähe. Das macht es spannender.

Das reicht nicht, meinst du? Hast natürlich recht. Es würde zu lange dauern, bis sie die Mail bis ins Café rückverfolgt hätten. Und wer weiß, vielleicht würden sie nicht mal glauben, dass sie echt ist. Könnte ja auch irgendein Spinner geschrieben haben, oder nicht? Einer, der auch mal wichtig sein will. Mit Sicherheit haben die schon einen Haufen Mails von irgendwelchen Losern gekriegt. Willst du überhaupt wissen, was ich geschrieben hab? Willst du? Also gut. Ich hab geschrieben:

›1 = Leben. 0 = Tod. Noch tanzt Conelly die 1.
Gruß vom Schwein!‹

Witzig, oder? Noch tanzt Conelly die 1! Reicht immer noch nicht? Mann, du bist wirklich anspruchsvoll! Aber keine Angst, an das Unsicherheitsmoment hab ich natürlich auch gedacht. Also hab ich sozusagen noch nen Bonus draufgelegt.

Bonus? Da leuchten deine Äuglein, was! Blinke, blinke – was hat er wohl als Bonus geschickt? Das würd ich zu gern wissen!

Ich hab denen die Adresse des Internetcafés mitgeschickt, Alter – war übrigens ein ekelhafter Laden. Hat gerochen wie ne Schulturnhalle. Ja, hab ich wirklich gemacht, kannst du mir glauben!

Jetzt können die eins und eins zusammenrechnen: Botschaft, Café-Adresse, IP-Adresse. Und klick, klick, klick, kommt der Laden in Bewegung. Und ein bisschen später – hoffen wir für dich, dass die schnell sind – ruft so ne Pappnase ne andere Pappnase an und sagt: ›Du, die Café-Adresse und die IP-Adresse stimmen tatsächlich überein. Die Mail ist aller Wahrscheinlichkeit nach authentisch, wir sollten dieses Café mal überprüfen.‹

Oh Mann, ich würde zu gerne sehen, wie diese Trottel da reinstürmen, bis an die Zähne bewaffnet, und all die pickeligen Teenager, die in die Monitore glotzen, zu Tode erschrecken!

Kannst dich übrigens bei mir bedanken – so viele Zuschauer hattest du bestimmt noch nie. Alle sind sie eingeloggt bei *Chatroulette,* ein paar vielleicht auch auf *Bazoocam,* aber *Chatroulette* hat immer noch die Nase vorn. Das bringt diesem Russen jede Menge Zusatzklicks. Was soll's: ich hab meinen Spaß, er die Kohle.

Apropos Spaß. Die meisten, die damals genau wie ich auf diese sogenannte Kunst reagiert haben – weißt schon, das mit dem Typen, der sich angeblich aufgehängt hatte, also dein Vorgänger –, die haben auch gedacht, das wäre Spaß. Ich hab mir den Film, den sie von uns gemacht haben, ein paar Mal reingezogen. Hatte ja Zeit, nachdem ich gefeuert worden war. Und recht hatten sie: Es war ja nur ein Spaß, oder? Es war ja nur eine Kunstaktion, um Leute wie mich vorzuführen!

Mann, die waren ja so engagiert, so künstlerisch ambitioniert, so verdammt *gute* Menschen. Das steht sogar auf ihrer Website, auch wenn sie es nicht so deutlich sagen.

Kennst du die Geschichte von diesem Idioten, der ne ganze Packung Schlaftabletten eingeworfen hat und vor laufender Kamera gestorben ist? Das war kein Spaß damals, aber da hat es auch Stunden gedauert, bis sie ihn gefunden haben, weil alle dachten, es wäre Spaß. Das war wohl die – wie heißt das bei euch? –, ach ja,

›die künstlerische Inspiration‹, dieser Selbstmord im Internet und die lahme Reaktion der Webcommunity. Darüber können sich Leute aufregen, da sind sie empört. Dabei sind doch alle so! Alle wollen immerzu Spaß, Spaß, Spaß!

Hab ich auch gewollt an dem Abend, der mein Leben ruiniert hat. Wollte ein bisschen Ablenkung von den ganzen Codes und den verfickten Bugs, die dich voll fertigmachen, wenn du für das System verantwortlich bist. Ja, ich war mal verantwortlich, Alter! Ich war sogar mal so was wie ne große Nummer: Softwareengineer in L.A., mit siebenundzwanzig. Mit siebenundzwanzig! Und das war noch lange nicht das Ende der Leiter. Kannst mir glauben, ich hab was drauf.

L.A. war geil, wirklich, ist ne geile Stadt. Fühlt sich so an, als wäre sie die ganze Zeit auf Speed. Wer in meinem Job was werden will, der geht nach L.A. Oder nach Frisco. Auf jeden Fall bleibst du nicht in so einem Dreckskaff in Deutschland wie dem hier – Großstadt, dass ich nicht lache!

In L.A. triffst du alle, die was draufhaben. Lauter Durchgeknallte, lauter IT-Freaks. Gibt auch Weiber, sogar einen ganzen Haufen. Aber die stehen nicht auf Sex. Die reden die ganze Zeit bloß übers Programmieren, und geil werden die nur, wenn ihnen jemand erzählt, er könne einen verschlüsselten Code mit mehr als 40 Bits knacken. Ganz ehrlich, Mann! Diese Bräute fahren alle auf diese irren Cypherpunktypen ab, Kryptografen – Netzanarchos. Sagt dir nichts, was? Das sind die Götter unter den Programmierern. Ey, das sind echte Götter! Die haben den Code im Blut. Ich kenn ein paar von denen, die hacken dir jedes Programm, egal wie verschlüsselt es ist. Aber die sind nicht von dieser Welt. Die schweben in einem anderen Orbit und ziehen ganze Schwärme von Weibern hinter sich her. Dabei interessieren sich diese Punks nur fürs Netz. Zwischendrin mal ne schnelle Nummer, okay, aber das war es dann auch. Geht mir im Grunde nicht anders, auch wenn ich nicht in deren Liga spiel. Ich war quasi bei den Normalos. Aber ich war gut in meinem Job, wirklich gut. Hab gutes Geld verdient. Hatte Kumpels. Hatte ein Leben.

Hey, hörst du mir zu? Hörst du mir verdammt noch mal zu!?

Warte, du kriegst wieder mal nen Schluck, damit du nicht noch schlapper machst. Erst gehen wir aber wieder auf Pause ... und jetzt ... dein Wasser. Gut so?

Puh, so aus der Nähe stinkst du echt wie ne alte Sau. Dabei bin ich doch das Schwein, oder?

Nein, nicht heulen! Dann fließt doch alles wieder raus, was ich gerade mühsam in dich reingefüllt hab. Ich versprech dir: Jetzt wird es lustig, wirst dich amüsieren. Hat was mit Eins/Null zu tun, du erinnerst dich? Eins/Null. An/Aus. Leben/Tod.

Jetzt erzähl ich dir nämlich, wie die mich mit ihrer beschissenen Kunstaktion ins Aus gekickt haben, okay? Wie ich Null wurde. Wie ich das mieseste Schwein im *Chatroulette* geworden bin. Willst du das wissen, hm? Willst du wissen, wie? War ganz einfach, ging echt schnell.

Ich hatte mehrere Rechner laufen, okay? Ein Haufen Monitore, mindestens eine Million Fenster Code, und irgendwo dazwischen so ein verfluchter Bug, der das

Programm immer wieder zum Abkacken bringt. Ich schwer genervt, aber gleichzeitig geil. Ja, Mann, ich hatte Druck in der Hose, aber keine Zeit und keinen Bock, irgendeine Braut aufzureißen.

Der Chat ist easy, da findest du immer irgendeine, die auch gerade geil ist oder einfach nur auf so nem Zeige-trip. Man muss ne Weile suchen, aber man findet immer was. Und das ist schärfer als jeder Porno, glaub mir.

Ich also ins Netz, war drei- oder viermal angemeldet bei *Chatroulette*, damit ich schneller fündig werd. Immer mit anderen Passwörtern, ist klar. Das machen viele so, ist ganz normal. Ich hab dann auch eine gefunden. So eine, die drauf steht, wenn du dir vor ihr einen runter-holst. Das hab ich gemacht, mehr nicht. So what!?

Ich hab diesen aufgehängten Arsch auf dem anderen Monitor doch nicht mal richtig wahrgenommen! Mann, ich war doch einfach nur geil und hatte außerdem wahr-scheinlich tausend Stunden schon nicht mehr gepennt!

In dem Film, den die dann ins Netz gestellt haben, sieht man das natürlich nicht. Da sieht man nur ein wichsendes Schwein vor einer Webcam und weiß, am anderen Ende baumelt ein Mensch von der Decke, der vielleicht tot ist. Verdammter Scheißdreck, ey! Verdamm-ter Scheiß!

Es hat nicht lange gedauert, bis irgendwer rausge-kriegt hat, dass ich dieses Schwein bin. Und das war es dann. Ich war am Arsch, Mann. Voll am Arsch! Erst recht in Amiland ... America – God's Own Country. Home of the Brave! Verstehst Du?

So gesehen geht es dir gut, Kumpel. Du hast wenigstens den Hauch einer Chance. Für dich gilt immer noch: Eins oder Null. An oder Aus. Die könnten dich echt noch rechtzeitig finden – wenn die es richtig anstellen. Und weißt du was? Auch wenn du es wahrscheinlich nicht wert bist und ich auf deinen Tanztheaterscheiß überhaupt nicht stehe, ich werde deine Chancen noch mal erhöhen! Du hast dich sicher schon gefragt, warum hier noch so eine altmodische Videokamera rumsteht, oder? Die ist für mich. Für meine Performance. Und dieses Handy hier könnte dein Leben retten. Ist eins aus nem Secondhandyshop, prepaid. Nichts Besonderes, taugt aber für den Zweck. Ich werd sie damit anrufen und ihnen sagen, dass ich dich habe, während ich mich filme. Erst der Ton, dann das Bild – Überraschung in zwei Schritten, geil, was?

Bing! Hast du gehört: Schon ist es eingeschaltet. Du würdest jetzt bestimmt auch gerne telefonieren, oder? Kann ich mir denken, bringt aber nichts. Du würdest mit Sicherheit nur lallen. Das kommt von den Benzos und vom Durst. Wenn ich fertig bin, werd ich dich alleinlassen. Nein, keine Angst, das Handy bleibt ja an, und wer weiß, vielleicht orten sie es rechtzeitig, bevor deine Nieren den Geist aufgeben.

Und jetzt – padam! – mein großer Auftritt als Schwein! Halt, ich darf das Schild nicht vergessen! Sieh mal, da ist schon wieder vorne ne Eins und hinten ne Null drauf, genau wie bei deinem. Was meinst du, werden die denken, wenn die dich hier irgendwann gefunden haben und mich auf dem Film mit dem Schild in der Hand sehen? Dass ich weitermachen werde?

Jörg Steinleitner
Der Tod des Pinguins

Ein Blick genügte, um Ella Palmberger zu sagen, dass es sich bei der Leiche, die mit verzerrtem Gesicht von der Decke der Fabrikhalle hing, um Georg Fanz handelte. Die Aktionen des berühmten Performancekünstlers sorgten regelmäßig auch außerhalb der Welt der Galeristen und Museumsbesucher für großes Aufsehen. Ella Palmberger erinnerte sich noch gut daran, wie sich Fanz erst kürzlich von einem ausrangierten Bundeswehrpanzer über den Münchner Königsplatz hatte schleifen lassen. Danach hatten die Ärzte acht Tage gebraucht, um den dreiundfünfzigjährigen Glatzkopf mit dem Ziegenbart wieder zusammenzuflicken. Es gab etliche Deutsche, die hielten Fanz für einen wahnsinnigen Spinner. Und jetzt war der Spinner tot. Erhängt an einem Stahlträger in einer leer stehenden Fabrikhalle. Ella Palmberger bekämpfte einen Brechreiz. In der Halle stank es bestialisch nach verwesendem Fleisch. Fanz musste schon seit Tagen hier hängen. Sein Leichnam befand sich in einem erschreckenden Zustand.

Während die Mannschaft von der Spurensicherung ihre Arbeit machte, stand Ella Palmberger schräg unter der Leiche und blickte nach oben. Was war das hier – eine Inszenierung? War sie schiefgelaufen? Was bedeutete das Schild, das um Fanz' Hals hing? Außer der Ziffer »1« stand nichts darauf. Und was hatte es damit auf sich, dass Fanz einen schwarzen Frack mit schwarzer Hose und weißem Hemd trug?

Dankbar nahm Ella Palmberger das nach Lavendel duftende Frischetuch, das ihr Bernd Klausner von der

Spurensicherung in die Hand drückte, und hielt es sich an die Nase. Dass der Tod sich am Ende vor allem als Gestank manifestiert, war eine Tatsache, mit der sie sich nach fünf Jahren als Mitglied der Mordkommission noch immer nicht abfinden konnte. Die Ermittlerin wandte sich dem Schreibtisch zu. Auf dem Möbel stand ein Laptop, neben dem Tisch eine Kamera mit Stativ. Ansonsten war in dem etwa 80 Quadratmeter großen Raum kein anderes Mobiliar. Von Klausner wusste sie, dass hier früher Polaroidkameras hergestellt worden waren.

Ella Palmberger wollte nicht die Ergebnisse der Obduktion abwarten. Sie ließ sich von Klausner Einweghandschuhe geben und tippte auf das Touchpad des Computers. Sofort zeigte der Bildschirm das Standbild eines Videos. Ella Palmberger führte den Mauszeiger auf »Play« und startete den Film. Er zeigte Fanz, wie er in ebendieser Halle stand. Der Künstler sprach in die Kamera. Ella erhöhte die Lautstärke.

»Live fast, die young, this is the end«, verkündete Fanz, der in seinem Frack aussah wie ein Zauberer aus dem Zirkus. Er wirkte angespannt. »Dies ist meine letzte Performance. Ich wünsche mir, nicht vergessen zu werden. Ewigen Ruhm erlangt nur, wer früh stirbt. Dies ist mein Tod. Auf Wiedersehen in der Hölle.« Der Film lief noch eine Weile weiter, doch Fanz sagte nichts mehr. Stumm und reglos stand er da und stierte in die Kamera. Dann stoppte das Video.

Rotärmel war zu Ella Palmberger getreten. Er bildete seit Kurzem ein Team mit der Dreißigjährigen. »Der wirkt irgendwie abgemeldet.«

Die Kripobeamtin sah den Kollegen ernst an: »Da ist was faul.«

»Wieso meinst du?« Rotärmel war vor seiner Zeit im Morddezernat Mitglied eines SEK gewesen, das auf Festnahmen spezialisiert war, und hatte von Mordermittlungen nur geringfügig mehr Ahnung als ein gewöhnlicher *Tatort*-Zuschauer.

»Fanz ist einer der bekanntesten Performancekünstler Deutschlands. Aber diese Inszenierung ist doch einfach nur lächerlich. ›Live fast, die young‹ ... ist das nicht so Siebzigerjahre-Hippiequatsch?«

Rotärmel tippte auf seinem Smartphone herum. »Ja ... oder warte, nein ... das ist sogar noch älter. Das stammt aus einem Countrysong von 1955. Die Hippies haben den Spruch nur übernommen. Und ursprünglich ist das aus einem alten Gangsterfilm.« Rotärmel las vor: »... wo John Derek in der Rolle des Gangsters Nick Romano sagt: ›Lebe schnell, sterbe jung und hinterlasse eine gut aussehende Leiche.‹« Er blickte auf: »Na ja, das ist ihm nun nicht so richtig gelungen. Er stinkt und sieht scheiße aus. Außerdem ist er schon über fünfzig.«

»Da ist was faul.« Die Ermittlerin schüttelte den Kopf. Nach nochmaligem Betrachten des Videos sagte sie: »Der schaut doch auch nicht normal.«

»Na ja, würdest du normal schauen, wenn du dich gleich aufhängen würdest?«

»Und wie ist er da hochgekommen?« Ella Palmberger suchte erneut den Blick des Kollegen.

»Vom Schreibtisch aus?«

»Ist der nicht ein bisschen weit weg von der Stelle, an der er hängt?«

Rotärmel zuckte ratlos mit den Schultern. Ella Palmberger minimierte das Startbild des Videos und griff auf die Festplatte zu. Nach Sekunden stellte sie erstaunt fest: »Da ist nichts drauf.«

»Wie?«

»Der Laptop ist leer. Da ist nichts drauf außer diesem komischen Video.« Sie dachte nach. »Wenn sich Georg Fanz wirklich hätte umbringen wollen, hätte er dann nicht seinen Tod zu einer perfekt inszenierten, krassen Performance gemacht?« Sie starrte Rotärmel an. »Wäre für einen derart extrovertierten Künstler nicht gerade die Verfilmung und Inszenierung des eigenen Sterbens die Vollendung?« Sie hielt einen Moment inne. »Und fehlt nicht genau das in diesem Film? Der Akt des Todes?« Trotzig sagte sie: »Diesen Film hat nicht Georg Fanz gemacht. Diesen Film hat sein Mörder gedreht. Da lege ich mich jetzt fest.«

Rotärmel sah sie zweifelnd an. »Und wenn er einfach nur den Verstand verloren hat? Viele Künstler haben einen Dachschaden, auch Schriftsteller, Musiker ...«

»Aber so kann der sich doch nicht selbst aufgehängt haben!« Sie überlegte kurz. »Wir brauchen alle Fingerabdrücke – die auf der Kamera, die auf diesem Laptop. Wir müssen wissen, wo das Equipment gekauft wurde. Außerdem muss einer von den Programmierern abchecken, ob auf der Festplatte nicht vielleicht doch irgendwelche verborgenen Spuren zu finden sind.«

Am nächsten Tag lag der Bericht des Arztes vor: Georg Fanz war erstickt. In seinem Blut fanden sich Spuren eines Beruhigungsmittels, das bei hoher Dosierung auch zu Bewusstlosigkeit führen kann. Da der Tod bereits zu lange zurücklag, konnte das Gutachten nichts darüber aussagen, ob Fanz zum Todeszeitpunkt bei

Bewusstsein war. Auch wollte sich der Pathologe nicht festlegen, ob der Künstler sich selbst aufgehängt oder ein anderer Hand angelegt hatte. Spuren eines Kampfes wurden an dem Körper des Toten jedenfalls nicht entdeckt. Auch die Analyse des Laptops durch die Kripoprogrammierer führte nicht weiter. Es handelte sich um ein fabrikneues Gerät, das vermutlich aus dem Ausland importiert worden war. »Das ist heutzutage nichts Besonderes«, meinte Rotärmel. »Wer über Onlineplattformen bestellt, bekommt oftmals Computer aus dem Ausland.«

»Und was ist bei der Suche nach Fingerabdrücken rausgekommen?« Ella Palmberger nahm einen Schluck von ihrem Kräutertee.

»Nichts. Weder auf dem Laptop noch auf der Kamera, geschweige denn auf dem Schreibtisch sind welche zu finden. Interessant ist aber, dass der Fanz mit dieser Fabrikhalle überhaupt nichts zu tun hatte. Sein Atelier ist ganz woanders.«

»Und wem gehört die Halle?«

»Einem Immobilienfonds.«

»Ach was?« Ella Palmberger war auf einmal hellwach. »Weißt du mehr darüber?«

»Nein, aber wenn's dich interessiert ... bis gleich.« Rotärmel verließ den Raum.

Als er nach einer halben Stunde wiederkam, hatte sich Ella Palmberger zum achten Mal den Film angesehen. Der Kollege berichtete: »Der Immobilienfonds wurde von der Happybuildings Happypeople AG aufgelegt. Zu den Objekten in dem Fonds gehören vor allem ehemalige Industriegebäude. Die Gesellschaft saniert sie, wandelt sie in Wohnungen um und verkauft sie weiter.«

»Siehst du da irgendeine Verbindung zu Georg Fanz?«

»Fanz hat sich immer wieder kritisch zur Finanzkrise geäußert. Eine seiner Kunstaktionen bestand darin, mit einem Hubschrauber über die Zentrale der Deutschen Bank in Frankfurt zu fliegen und eine Tonne gefälschte Geldscheine über ihr abzuwerfen.«

Ella Palmberger schwieg. Dann fragte sie: »Hat die Deutsche Bank etwas mit dem Fonds zu tun?«

»Das habe ich mir auch schon gedacht. Habe es auch überprüft. Aber da ist keine Verbindung, außer dass du natürlich auch über die Deutsche Bank Anteile an dem Fonds kaufen kannst.«

»Und was hatte die Happybuildings Happypeople AG mit der Fabrikhalle vor?«

Rotärmel ließ sich auf seinen Bürostuhl fallen. »Was sie immer machen: Wohnungen reinbauen und verkaufen.«

»Wie haben die reagiert, als sie erfuhren, dass in ihren Räumen ein weltbekannter Künstler gestorben ist?«

»Völlig unauffällig. Hier ist die Pressemitteilung.«

Ella Palmberger überflog das Schreiben, das die üblichen Floskeln enthielt. Die Polizistin las sie nicht ohne Ironie laut vor: »Bedauern den unerklärlichen Unglücksfall ... Künstler von Weltrang ... werden alles in unserer Macht Stehende tun, um den Behörden bei der Aufklärung der Hintergründe des Todes von Georg Fanz zu helfen ... unterzeichnet von ... Dr. Carsten Raschler, Vorstandsvorsitzender.« Ella Palmberger ließ das Blatt über den Tisch segeln. »Na, dann wollen wir dem Herrn Vorstandsvorsitzenden doch mal einen Besuch abstatten.«

Carsten Raschler empfing die Ermittler in einem Büro, dessen Größe jeder Grundschulturnhalle Ehre gemacht hätte. Vor seinem Schreibtisch lag ein roter Teppich mit dem Muster eines Sandplatzes.

»Sie spielen Tennis?«, fragte Ella Palmberger. Sie versuchte sich im Plauderton.

»Ja, früher war ich sogar richtig gut. Zweite Bundesliga. Heute spiele ich nur noch zwei-, dreimal die Woche. Sie wissen, dass ich Vorstand vom TC Gelb-Blau bin?« Er sah auf die Uhr. »Aber kommen Sie zur Sache: Was kann ich für Sie tun?«

»Kannten Sie Georg Fanz?«

»Flüchtig.«

»Was heißt das?« Ella Palmbergers Tonfall klang freundlich und neugierig.

»Ich war mal auf einer seiner Vernissagen, er hat ja auch gemalt.« Carsten Raschler grimassierte.

Ella Palmberger tat überrascht: »Warum schauen Sie so?«

»Es war, nun ja ... ich sammle eher die Kunst von vor 1985, und außerdem ist Fanz ja schon sehr ...« Der Geschäftsmann suchte nach dem passenden Wort.

»Ja?« Ella Palmberger sah ihn aufmunternd an.

»Na ja, genau genommen nicht salonfähig. Wissen Sie, Leute wie ich kaufen Kunst als Wertanlage ... und auch aus Freude am Schönen. Aber bei Fanz ist es ungewiss, ob die Anlage werthaltig ist und – ... wer kann sich schon an Blutbädern, Gewaltakten und anderen Sauereien erfreuen? Um es ganz offen zu sagen: Ich bevorzuge cleanere Kunstinvestments. Warhol, Dalí, Lichtenstein. Da weiß man, was man hat.«

»Kannten Sie Fanz persönlich? Haben Sie sich mal mit ihm unterhalten?«

»Nein.« Die Antwort kam sehr schnell. Doch dann korrigierte sich Carsten Raschler: »Also ... ja.«

»Ja was nun«, schaltete sich Rotärmel in das Gespräch ein: »Nein oder ja?«

»Es war nur Small Talk. Ich fragte ihn, ob er nicht auch gefälligere Kunst machen könnte. Er hatte ja durchaus Ideen. Aber mir war das alles zu aggressiv, zu fäkal.«

»Und?« Ella Palmberger sah den Investmentexperten erwartungsvoll an.

»Könne er nicht, meinte er. Dann hat er mich stehen lassen.« Er schaute kurz zum Fenster, um dann den Blick wieder Ella Palmberger zuzuwenden. »Das war mein Erlebnis mit Georg Fanz. Also fürchte ich, dass ich Ihnen nicht weiterhelfen kann.«

»Können Sie sich erklären, weshalb er ausgerechnet in Ihrer Immobilie starb?«

»Ach, ich denke, dies ist ein Zufall. Das Geld unserer Fonds steckt in rund achthundert Objekten in ganz Deutschland.« Carsten Raschler zeigte die Andeutung eines gelangweilten Gähnens. »Die Wahrscheinlichkeit, dass ein Mensch ...« Er hielt inne.

Rotärmel führte den Satz zu Ende: »... sich in einem dieser Objekte aufhängt, ist groß?«

Carsten Raschler nickte. »Übrigens war ich selbst noch nie in besagtem Objekt.«

»Damals, als Fanz Ihnen die Zusammenarbeit verweigerte ...«

Der Immobilienmann unterbrach Ella Palmberger: »... von einer Zusammenarbeit waren wir meilenweit entfernt.«

»Waren Sie empört?«

»Ach was!« Carsten Raschlers Antwort kam für Ella Palmbergers Gespür eine Nuance zu laut und zu schnell. Beim Weitersprechen mied er ihren Blick. »Was meinen Sie, wie viele Künstler sich die Finger danach abschlecken, mit uns hier zusammenzuarbeiten?«

»Aber nicht nur, dass er nicht mit Ihnen arbeiten wollte, er hat Sie ja sogar stehen lassen«, stichelte Ella Palmberger, »vor allen Leuten!« Sie zögerte. »Ich meine, überschätze ich Sie, wenn ich sage, dass Sie zu den wenigen Leuten zählen, die in der Kunstszene wirklich was bewegen können?« Sie sah ihn freundlich an.

Carsten Raschlers Antwort kam sehr leise: »Soll ich Ihnen etwas verraten? Es ist mir scheißegal, dass er mich hat stehen lassen. Er ist ein krankes, schlecht erzogenes Arschloch ... also das war er ... jetzt ist er ja tot ... leider.«

»Gleich das hier mal ab mit den Sachen, die ihr am Tatort gefunden habt«, wies Ella Palmberger den Kollegen Klausner an, als sie wieder im Präsidium waren, und reichte dem Spurensicherer eine kleine Plastiktüte.

Am nächsten Tag saß sie wieder gemeinsam mit Rotärmel am Schreibtisch des Vorstands der Happybuildings Happypeople AG. »Kommen Sie ab jetzt jeden Tag?«, scherzte Carsten Raschler mit einer Andeutung von Überheblichkeit in der Stimme.

»Das wird nicht nötig sein«, erwiderte Ella Palmberger mit festem Blick. Raschler sah sie überrascht an. »Herr Dr. Raschler, wir werden Sie heute mitnehmen.«

»Was?«

»Wir werden Sie heute mitnehmen.«

»Sie sind ja verrückt! Wie stellen Sie sich das vor? Ich habe Termine, den Kopf voller Arbeit.«

Ella Palmberger lächelte: »Ihre Termine sagen Sie ab, Ihren Kopf nehmen wir mit.« Dann schaltete die Ermittlerin blitzartig in einen strengen Tonfall um: »Sie haben uns belogen, Herr Raschler. Aus unserer Sicht sind Sie dringend verdächtig, etwas mit Georg Fanz' Tod zu tun zu haben.«

»Schwachsinn.«

»Sie haben gestern zu Protokoll gegeben, nie in den Räumen, in denen Fanz mutmaßlich zu Tode kam, gewesen zu sein.«

»Das ...« Er zögerte. »Das ist ... nun ...«

»Was? Nun?«, herrschte Rotärmel den Vorstand an.

»... das müsste ich womöglich ein wenig korrigieren.« Hastig fügte er an: »Ich war tatsächlich schon einmal dort.«

»Wann?« Ella Palmberger sah ihn streng an.

»Scheiße, vor einer Woche«, gestand Carsten Raschler.

Ella Palmberger wunderte sich, wie schnell das Vokabular des vermeintlich so souveränen Investors immer wieder entgleiste. Und Rotärmel rief aus: »Und warum verheimlichen Sie das?«

»Weil ich mit der Sache nichts zu tun habe ... zu tun haben will – und kann.«

Rotärmel konnte es nicht fassen: »Mit welcher Sache?«

»Dem Tod von diesem Fäkalartisten. Ich will da nicht reingezogen werden in diese Sache. Ich mache Geschäfte – mit Kunst. Ich habe einen Ruf ...«

»Na prima«, brauste Ella Palmberger jetzt auf. »Und Sie meinen, es ist besser für Ihren Ruf, wenn Sie uns hier die Tasche volllügen, oder was? Für wie blöde halten Sie uns eigentlich, verdammt?«

»Ich wollte Sie nicht anlügen.« Carsten Raschler nahm einen kostbar aussehenden Füller. »Woher wissen Sie überhaupt, dass ich in der Halle war?«

»Wir haben auf einem Objekt aus der Halle ein Haar von Ihnen gefunden.«

»Woher, bitte, wissen Sie, dass das Haar von mir ist?«

Ella Palmberger nickte in Richtung des Garderobenständers, an dem Carsten Raschlers Mantel hing. »Wir waren ja gestern schon mal hier und haben dann ein paar Tests gemacht. Also: Raus mit der Wahrheit! Was haben Sie mit dem Tod von Georg Fanz zu tun?«

»Nichts. Ich habe nichts damit zu tun.«

»Sie lügen!«

»Ich lüge nicht.«

»Der Leichnam hatte eine Tafel mit einer ›1‹ um den Hals hängen. Sagt Ihnen das was?« Ella Palmberger kramte ihr Handy aus der Hosentasche und tippte wütend darauf herum.

»Nein«, erwiderte der Vorstandschef zögerlich.

»Haben Sie so eine Tafel schon einmal gesehen?« Sie hielt ihm das Handy hin. Es zeigte ein Foto der Tafel mit der Ziffer »1«.

»Ja«, gab der Vorstandschef zu. »Solche Tafeln verwendet man, um Tennisplätze zu nummerieren.«

»Und?«, blaffte Ella Palmberger den Verdächtigen an. »Verwenden Sie in Ihrem Klub vielleicht auch solche Tafeln?«

»Ja.« Carsten Raschlers Antwort kam jetzt auch sehr laut. »Aber das gilt für Tausende andere Vereine in ganz Deutschland. Das bedeutet doch nichts!« Er fuhr sich von der Stirn aus mit der Hand durchs Haar. »Außerdem: Für wie bescheuert halten Sie mich eigentlich? Dass ausgerechnet ich so eine Tafel an eine Leiche hänge? Ich, als Vorsitzender eines Tennisklubs? Und wozu denn, bitte?« Seine Stimme überschlug sich.

»Ihr Klub ist nur einen knappen Kilometer vom Tatort entfernt«, sagte Ella Palmberger leise. Es klang gefährlich. »Könnte diese Tafel Ihnen nicht dazu gedient haben, das Ganze wie Kunst aussehen zu lassen?«

»Das ist ja lächerlich!« Carsten Raschler schüttelte verunsichert den Kopf: »Offensichtlich haben Sie null Ahnung von Kunst! Ein Tennisplatzschild!«

Rotärmel fixierte den Mann im Nadelstreifenanzug ernsten Blicks: »Und was sagen Sie dazu, dass ausgerechnet bei diesem ... Ihrem natürlich rein zufällig so nahe gelegenen Verein TC Gelb-Blau eine solche Tafel fehlt?« Carsten Raschler schüttelte ungläubig den Kopf.

»Und raten Sie mal, welche Tafel genau fehlt«, forderte Ella Palmberger den Mann auf, was natürlich rein rhetorisch gemeint war.

»Vom ersten Platz!«, triumphierte Rotärmel.

»Das kann nicht sein. Das wüsste ich.«

»Herr Raschler, raus mit der Wahrheit!«, drohte der Ermittler.

»Da gibt es nichts. Ich will meinen Anwalt. Ich sage nichts mehr. Das ... das ... da ...«

»Sie kommen jetzt mit.« Rotärmel umrundete den Schreibtisch und packte Carsten Raschler am Arm. Festnahmen konnte Rotärmel nun wirklich.

Der Vorstandschef der Happybuildings Happypeople AG hatte bereits eineinhalb Wochen in Untersuchungshaft verbracht, als das fehlende Schild vom ersten Platz des TC Gelb-Blau wieder auftauchte. Jugendliche hatten es entwendet. Das Schild aus der Fabrikhalle stammte definitiv nicht aus Raschlers Klub. Dennoch kam der Unternehmer erst Wochen später aus der Untersuchungshaft frei. Das Haar und die Tatsache, dass er zugegeben hatte, Fanz wegen der öffentlichen Bloßstellung zu hassen, wogen lange Zeit zu schwer. Aber obwohl Ella Palmberger und Rotärmel mit Hochdruck an dem Fall arbeiteten, fanden sie keine weiteren Indizien, die eine Täterschaft Carsten Raschlers hätten erhärten können. Alle Versuche, herauszufinden, wo Laptop und Kamera gekauft worden waren, blieben ergebnislos.

Die Ermittler durchleuchteten das Privatleben des toten Georg Fanz, doch so spektakulär dessen Kunstperformances gewesen waren, privat hatte er ganz offensichtlich einen eher konventionellen Lebensstil bevorzugt. Immerhin fanden sie Antidepressiva im Spiegelschrank seines Badezimmers. Auch ergab das Nachstellen eines möglichen Selbstmords, dass es nicht völlig unwahrscheinlich war, dass Georg Fanz sich doch selbst an dem Strick aufgehängt hatte. Allerdings wollten sich die mit den technischen Überprüfungen beauftragten Physiker des Landeskriminalamts in dieser Sache nicht hundertprozentig festlegen. Am Ende wurden Ella Palmberger und Rotärmel von dem Fall abgezogen.

Vier Jahre später durchforstete ein Kunsthistoriker im Auftrag des Staates, an den der Nachlass von Georg Fanz mangels Erben gefallen war, die Aufzeichnungen des Künstlers. Man plante eine große Retrospektive. In einem Skizzenbuch stieß der Wissenschaftler auf eine

Seite, die mit dem Titel »Der Tod des einsamen Pinguins« überschrieben war. Das Wort »einsam« war durchgestrichen. Darunter stand ein Eintrag: »I wanna live fast, love hard, die young and leave a beautiful memory.«

Doch davon erfuhren die Ermittler Rotärmel und Ella Palmberger nie.

Elmar Tannert
Dürfen Künstler alles?

Der Himmel ist ungnädig in dieser Nacht und überschüttet den Mann mit Wasser, jagt ihn über ein Gelände, von Baggern und Planierraupen zerwühlt, peitscht ihn durch Pfützen, die seine Schuhe durchnässen, treibt ihn einem Zufluchtsort entgegen, an dem er schon lang nicht mehr gewesen ist. Der Mann stolpert, strauchelt, gleitet aus, fällt beinahe rücklings in den Matsch, fängt sich wieder, erreicht endlich die Tür und stößt sie auf. Das Haus empfängt ihn mit einem fremden, abstoßenden Geruch. Es ist alt, und seine Mauern haben viele Gerüche gespeichert, bunte, metallische, ölige. Aber jetzt – der Mann zieht die Luft ein, sein Magen verkrampft sich, er nimmt eine Flasche aus der Plastiktüte und trinkt einige Schlucke –, jetzt riecht es ekelhaft nach Mensch, vielleicht auch nach Tier oder nach dem, was Mensch und Tier gemeinsam haben. Fleisch. Totes Fleisch. Ratten, denkt der Mann. Ein Bild wird in ihm wach, das Bild eines Rattenkadavers, den er einmal gesehen hat. Nur noch eine pergamentene Hülle hatte von dem Tier existiert, und als er es mit dem Fuß angestoßen hatte, waren die Maden herausgequollen, was aussah, als wäre es von seinem eigenen wuchernden Gehirn zerfressen worden. Wieder nimmt er einen tiefen Schluck aus der Flasche und wühlt nach seiner Taschenlampe. Der Regen klingt nicht so, als wolle er ihn wieder gehen lassen, im Gegenteil, das Rauschen wird noch stärker, und trotz des Gestanks, der dem Mann entgegenschlägt, entscheidet er sich für Trockenheit, steigt Stufe um Stufe in den ersten Stock, wo sein Schlafsaal liegt, den er bislang jedes Mal für sich allein hatte, andere waren stets zu anderen Zeiten da gewesen. An der Tür bleibt er stehen, lässt den Lichtstrahl durch den Raum huschen, bis er etwas erfasst, was es letztes Mal noch nicht gab. Ein Ding hängt von der Decke, ein Ding mit Kopf, zwei Armen und zwei Beinen, das sein Quartier mit Fäulnis verpestet und ihm Angst wie einen Stromschlag durch den Körper jagt, ihn wieder hinausstößt in den Regen, er hat kein Geld mehr, ein Mobiltelefon schon dreimal nicht, aber dieses Ding muss weg, ist sein einziger Gedanke, als er nass, verdreckt und besoffen in die U-Bahn-Station stolpert und den Notrufknopf drückt.

»Da hängt einer!«

»Wie bitte? Hallo?«

»Da hat sich einer aufgehängt!«

»Geben Sie Ihren Namen durch, bitte.«

»Das ist doch scheißegal, wer ich bin! Da hängt ein Toter ... im ... im Schillerhorn!«

Das brüllt er so in den Lautsprecher, dass er vor seiner eigenen Stimme erschrickt, die durch die Station hallt. Am anderen Ende des Bahnsteigs stehen zwei späte Fahrgäste und sehen zu ihm hinüber, und ein heulender Luftzug kündigt einen U-Bahn-Zug an. Namen durchgeben, dableiben? Am Ende kriegten die ihn noch dran wegen Hausfriedensbruch oder irgendsowas. Der Mann in der Leitstelle der Verkehrsbetriebe sieht über die Videokameras einen fliehenden Mann, der von der Stadt verschluckt und etwa zwanzig Minuten später in nicht vernehmungsfähigem Zustand aufgegriffen wird.

*

Der Fundort allein ist es nicht, der das Einsatzteam vor eine Reihe von Fragen stellt. Aufhängen kann man sich überall, wenngleich die meisten, ohne Rücksicht auf den Schock, den sie ihren Angehörigen versetzen, ihren Suizid im heimischen Keller oder auf dem Dachboden begehen, »und wenn wir sicher davon ausgehen könnten«, denkt Kriminalhauptkommissar Kaltenbach soeben laut, »dass der Tote ein Obdachloser war, dann hätte auch der sich gewissermaßen zu Hause erhängt. Scheint ja hier ein ganz beliebtes Nachtquartier gewesen zu sein. Aber diese Edelschuhe? In Weiß? So was trägt kein Penner. Und wieso steht da oben ein Laptop mit ner Kamera rum?«

Kaltenbach, wegen seiner Vorliebe für erlesene Kleidung auch »Kaschmir« genannt, zieht ein silbernes Etui aus seiner Sakkotasche und entnimmt ihm ein Zigarillo, während sein Kollege Kollerhammer, der mit Stoppelbart, Jeans und abgewetzter Lederjacke so ziemlich genau das Gegenstück zum Kaschmir verkörpert, mit einer Selbstgedrehten beschäftigt ist, die ihm reichlich krumm gerät. Gemeinsam stehen sie vor der Tür, rauchen sich den Verwesungsgeruch aus den Atemwegen, während die ehemalige Produktionshalle von »Schindler & Dorn Lacke Farben« im ersten Stock bis in den letzten Winkel dokumentiert und analysiert wird, Fingerabdrücke von Tür- und Fenstergriffen abgenommen, Materialproben von Wänden und vom Fußboden geschabt, Fotos gemacht werden.

Ein hagerer Mann Mitte fünfzig tritt ins Freie.

»Kleine Desinfektion gefällig?« Er zieht ein dunkelgrünes, unetikettiertes Fläschchen aus der Innentasche seines zerknitterten Sakkos, schraubt den Verschluss ab und hält es dem Kaschmir hin. Der weicht unwillkürlich einen Schritt zurück.

»Und Sie, Kollege?«

Kollerhammer zieht an seiner Zigarette. »Nee, Häckel, bloß nicht. Hab keine Lust, mit ausgepumptem Magen auf der Intensivstation zu liegen.«

Der Gerichtsmediziner, keineswegs beleidigt, nimmt einen Schluck. »Hat man nicht so oft, dieses Stadium. Ist immer wieder beeindruckend, was für Farben der menschliche Körper annehmen kann, wenn man ihn eine Weile sich selbst überlässt, finden Sie nicht? Diese grün marmorierte Äderung auf der Haut ... ein Künstler würde das nur mit Schabtechnik hinkriegen.«

»Wenn Sie uns vielleicht lieber sagen, wie lang diese Weile gedauert haben könnte?«

»Schwierig. Der Mann kann gut und gern drei Wochen gehangen haben.«

Kaltenbach wendet sich an Kollerhammer. »Hatten wir eine passende Vermisstenmeldung in letzter Zeit?«

»Kann ich dir so aus dem Stand auch grad nicht sagen. Glaub aber eher nicht.«

»Komisch, dass den so lang keiner entdeckt hat.«

»Die Baustelle ist seit dem Winter brach gelegen, hat mir der Dr. Wingens gesagt, der das Gelände gekauft hat. Und es war längere Zeit warm und trocken, da brauchen die Penner keinen Unterschlupf.«

»Sie sagen es. Deshalb auch das bereits sehr weit fortgeschrittene Verwesungsstadium.«

Ein nahezu genießerisches Lächeln macht sich auf Häckels Gesicht breit.

»Wer weiß«, leitet er seinen Abschied ein, »vielleicht finden Sie ja aller Rätsel Lösung auf dem Laptop, inklusive genauer Zeitangabe. Bis denn, die Herren!«

*

»Ich hätte eventuell was für dich«, sagt zur selben Zeit der Mann im grauen Anzug.

Der Obdachlose, der in der Fußgängerunterführung am Opernhaus hockt, vor sich einen umgedrehten Hut, starrt zu ihm hoch.

»Was meinst'n damit?«

»Einen Job. Ein Zuhause. Weg von der Straße, ein neues Leben anfangen. Na?«

»Brauch ich bei dem Wetter nicht.«

»Irgendwann wird es wieder kälter.«

»Nee, passt schon. Da hab ich was, wo ich hingehen kann.«

»Männerwohnheim, oder? Fühlst du dich da wohl?«

Der Mann könnte ein Banker aus den höheren Etagen sein. Gut geschnittener Anzug, glatt rasiert, kurze Haare. Diszipliniert und gut trainiert wirkt er, kein Gramm Fett zu viel, keine Spur von Ernährungssünden oder Alkoholexzessen im Teint oder am Körper. Aber dennoch sagt der Obdachlose:

»Hör auf! Du bist doch bestimmt von so ner Scheißsekte, wie du daherredest, oder?«

Er wird laut, lauter, als es der Situation angemessen ist.

»Verpiss dich! Wenn du kein Betbruder bist, dann bist du so ein perverser Schwuler oder so was. Hau ab!«

Passanten beginnen sich umzudrehen. Der Mann in Grau gibt auf und geht weiter. Fünf hat er heute schon angesprochen, alle haben ihn abfahren lassen. Die technischen Vorbereitungen sind geradezu ein Kinderspiel, verglichen damit, einen passenden und willigen Kandidaten zu finden. Sogar die Penner werden immer wählerischer. Missgestimmt geht er durch die Fußgängerzone, passiert ein Plakat an einer Litfaßsäule, »Jakubec Skulpturen Installationen Zeichnungen 2003–2013 im Kunstpalais«, sucht das Café in der Stadtbibliothek auf, in dem er gezielt die hiesige und überregionale Presse durchgeht. Die Nachricht, die er seit über zwei Wochen erwartet, findet er nicht, aber den Teufel wird er tun, der Entdeckung nachzuhelfen.

*

»Fingerabdrücke auf dem Gerät?«

»Fehlanzeige. Aber von der Festplatte haben wir was gesichert.« Kollege Vierheilig von der Datenforensik legt einen Stick auf Kaltenbachs Schreibtisch.

»Mach's nicht so spannend. Was habt ihr gefunden?«

»Nichts Brauchbares, außer einem Video. Aber das müsst ihr euch selber ansehen. Harter Stoff.«

Tote haben Kollerhammer und Kaltenbach schon genug gesehen. Jemandem beim Sterben zuzusehen ist etwas anderes. Chorgesang untermalt die Szene. Ein Mann, ganz in Weiß gekleidet, kommt von rechts ins Bild, geht zu einer Schlinge, die in der Mitte hängt, steckt den Kopf durch und blickt direkt in die Kamera. Kurz macht er den Eindruck, er halte seine Aufgabe für erledigt und wolle den Kopf wieder zurückziehen, da verliert er den Boden unter den Füßen, es sieht aus, als habe er sich auf einem Brett bewegt, das im entscheidenden Moment weggezogen wird. Die Kamera läuft, bis der baumelnde Körper des Erhängten zur Ruhe kommt. Der Gesang verebbt, das Bild steht still und gibt die Situation wieder, die man in der Farbenfabrik vorfand, wenn man von dem Umstand absieht, dass sich der Tote im Verlauf der schätzungsweise drei Wochen, die er dort hing, nicht zu seinem Vorteil verändert hatte.

»Ich will wissen, was das für eine Musik ist. Klingt wie aus einem Kloster. Sag doch mal dem Andi vom Pressebüro Bescheid, er soll kurz raufkommen und sich das anhören. Der macht doch ab und zu so'n Meditationswochenende in 'nem Kloster, oder?«

Das Video zeigte alles und ließ doch die wichtigsten Fragen offen – hat da jemand seinen eigenen Suizid gefilmt?, überlegt Kaltenbach. Oder gibt es einen Täter? Aber wenn – wie hat der, verdammt noch mal, sein Opfer dazu gebracht, auf ein Brett oder Podest oder sonst was zu steigen und den Kopf durch die Schlinge zu stecken? Hypnose? Drogen? Ob der Häckel in dem Gebilde, das einmal ein Mensch war, noch irgendwelche Spuren finden kann? Doch zuerst ruft Kaltenbach den Kollegen Vierheilig an.

»Haben wir das Aufnahmedatum von dem Video?«

»1. Januar 1970.«

»Was?!«

»Dieses Datum entsteht, wenn man die innere Uhr eines Rechners auf Null setzt.«

Mit gewissem Widerstreben wählt Kaltenbach als Nächstes die Nummer der Gerichtsmedizin.

»Häckel, alter Leichenfledderer! Können Sie uns schon etwas sagen?«

»Wenn Sie den mutmaßlichen Todeszeitpunkt meinen – wie schon gesagt: Kann vor zwei Wochen gewesen sein, vielleicht auch vor drei. Man könnte ein wenig exakter werden, wenn man ein Diagramm über den Temperatur- und Luftfeuchtigkeitsverlauf der letzten Wochen hinzuzöge. Aber selbst dann –«

»Gut, weiter im Text. Irgendwelche besonderen Merkmale?«

»Der Mann hatte entweder panische Angst vorm Zahnarzt oder schlichtweg nicht genug Geld, um sein Gebiss zu pflegen. Ferner kann man eine Leberverfettung im Übergangsstadium zur Zirrhose feststellen.«

»Sie haben in dem Ding noch eine Leber gefunden?«

»Die inneren Organe bleiben erstaunlich lang erhalten – selbst dann, wenn sich das äußere Körpergewebe, wie in unserem Fall, bereits teilweise verflüssigt haben sollte.« Kaltenbach hört ein Rascheln und Knistern, dann beißt Häckel von irgendetwas ab, mutmaßlich von seinem Pausenbrot, und fährt kauend fort: »Auf jeden Fall habe ich den Eindruck, dass unser Hangman eher nicht zu der Kleidung passt, die er am Leib hatte, oder sagen wir besser –«

»Ja, Häckel, ich versteh schon. Danke!«

Ein schlaksiger Blonder betritt den Raum.

»Na, Jungs? Braucht ihr wieder mal nen Kollegen, der euch auf die Sprünge hilft?«

»Wir brauchen deine ganz speziellen Fachkenntnisse. Schau dir das an und sag uns, was für eine Musik da läuft.«

»Ihr müsst ziemlich unterfordert sein, dass ihr in eurer Dienstzeit YouTube-Videos guckt.«

»Andi, jetzt mal ohne Scheiß.«

Kollerhammer klickt auf den »Start«-Pfeil, und der Kollege starrt auf den Monitor.

Ein Dutzend Männerstimmen singt etwas, das unangenehme Erinnerungen an den Lateinunterricht weckt, während die Hinrichtung ein weiteres Mal vollzogen wird.

»Das ist doch ein Fake, oder?«

»Fake? Ich kann dir sagen, wenn ich mir das anschau, hab ich sofort wieder den Gestank in der Nase.« Kollerhammer greift unwillkürlich nach seinem Tabakbeutel. »Der wurde heute auf dem Schindlergelände aufgefunden und muss schon zwei, drei Wochen da gehangen haben.«

»Und warum hat der ne ›1‹ umhängen?«

»Das kriegen wir hoffentlich raus, bevor eine Nummer 2 auftaucht. Aber jetzt sag uns erst mal, was die da singen. Du kennst dich doch mit so was aus.«

»Leute, wenn ich nach Dietfurt zu den Franziskanern fahr, mach ich Zenmeditation! Aber ich würde sagen, das ist Gregorianischer Choral. Zieht die Tonspur auf MP3, dann schick ich das denen ins Sekretariat und sag ihnen, sie sollen sich mit euch in Verbindung setzen.«

*

Ziemlich genau dreihundert Kilometer weiter östlich, im Prager Stadtteil Vinohrady, betreten zwei Männer die niedrige, holzverkleidete Gaststube des *Obyčejný svět*. Der eine von ihnen ist vom Strohhut bis zu den Schuhen in Weiß und Beige gekleidet und trägt sein schwarzes Haar, in dem sich die ersten grauen Strähnen zeigen, zu einem Pferdeschwanz gebunden.

»Könnte glatt eine Seemannskneipe sein«, bemerkt der andere, ein Journalist namens Kaiser, nachdem sie Platz genommen haben. »Gemütlich. Was bedeutet denn der Name? Irgendwas mit Matrosen oder so?«

»Obyčejný svět? Das heißt einfach nur ›gewöhnliche Welt‹. In diesem Lokal wurde nämlich das gewöhnlichste Essen der Welt erfunden – Eintopf.«

Kaiser kramt in seiner Ledertasche, legt ein rotes Notizbuch und ein digitales Aufnahmegerät auf den Tisch.

»Eintopf wurde in Tschechien erfunden?«

»So will es die Legende. In der Protektoratszeit war das Lokal, zum Leidwesen der Stammgäste, sehr beliebt bei deutschen Offizieren, obwohl das Personal alles versucht hat, um ihnen den Aufenthalt zu vermiesen. Als an Heiligabend 1939 der SS-Obergruppenführer Karl Hermann Frank kam, bereitete ihm der Küchenchef eine Mahlzeit aus den Resten der vergangenen Woche zu. Hermann winkte beim Essen den Kellner zu sich und fragte ihn, was das sein soll. Der stotterte ›Da-dasis ajn tóópf!‹, und der SS-Mann antwortete: ›Eintopf? Das ist super!‹ Seit dieser Zeit, so sagt man in Tschechien, kochen die Deutschen Reste zusammen und nennen das Ganze Eintopf.«

Der Kellner, der inzwischen an den Tisch getreten ist, hat die letzten Worte mitgehört, wechselt mit Jakubec, so nennt sich der Mann mit dem Pferdeschwanz, ein schlitzohriges Grinsen und sagt etwas auf Tschechisch, aus dem Kaiser nur ein deutsches Wort heraushören kann. Jaroslav Hašek, denkt er, muss diesem Volk mit der Erfindung des Schwejk einen unschätzbaren Dienst erwiesen haben.

»Eintopf ist leider seit Kriegsende von der Speisekarte gestrichen«, übersetzt Jakubec. »Der Kellner empfiehlt uns Rumpsteak mit grüner Pfeffersauce oder Pilzragout.«

Kaiser entscheidet sich für Vegetarisch, und nach den ersten Schlucken Lobkowiczer vom Fass beginnt der aufgezeichnete Teil des Gesprächs.

»Jakubec, würden Sie sich als Atheisten bezeichnen?«

»Es gibt nicht nur Atheisten in Tschechien.«

»Also eher nicht?«

»Sagen wir, ich bin ein freireligiöser Mensch.«

»Aber in Ihrer Kunst verletzen Sie religiöse Gefühle.«

»Ich weiß gar nicht, was das sein soll, ein religiöses Gefühl ... Ekstase?«

»Man wirft Ihnen vor, Sie machten antireligiöse Kunst.«

»Es gibt keine antireligiöse Kunst. Jede Kunst ist religiös.«

»Auch Ihre?«

»Schauen Sie, woher kommt Kunst? Der Wunsch, zu erschaffen, steckt ganz tief im Menschen drin. Sehen Sie sich doch Kinder an. Die wollen alle Farbe aufs Papier klatschen und die Welt abbilden, die äußere Welt und ihre innere Welt. Das hört erst dann auf, wenn sie älter werden und die Erwachsenen ihnen erzählen, dass man nicht sein Leben lang Bilder malen kann, sondern einen richtigen Beruf haben muss. Im Grunde seines Wesens ist der Mensch ein Erschaffender, aber in der heutigen Welt haben die wenigsten die Chance, das auszuleben. Deswegen laufen ja nur noch Neurotiker herum.«

»Also ist jede Kunst gottgewollt?«

»Gott schuf den Menschen nach seinem Ebenbilde, so steht es geschrieben. Über diesen Satz habe ich oft nachgedacht. Ich kann ihn nur so deuten, dass Gott ein Wesen schuf, das, wie er selbst, erschaffen kann, vielleicht sogar muss. Es gibt nichts Religiöseres als Kunst. In dem Moment, in dem der Mensch erschafft, ist er Gottes Ebenbild.«

»Aber Ihre Kunst demontiert doch Religion. Um konkret zu werden: Eines der nicht verwirklichten Projekte Ihres Kollegen David Černý ist ein masturbierender Riese auf dem Dach des Nationaltheaters, aus dessen Penis von Zeit zu Zeit Wasser spritzen sollte. In einem Interview hat er geäußert, er wolle damit zeigen, dass dieses Land voller Arschlöcher und Wichser ist. Im Kunstpalais Nürnberg wird das Publikum demnächst Ihre Installation *Unbefleckte Empfängnis* sehen, in der Sie Maria zu einem Peepshowmodel mit Heiligenschein machen, umringt von masturbierenden Josephklonen. Was wollen Sie damit zeigen?«

Zwei Paare mittleren Alters haben unterdessen das Restaurant betreten, offensichtlich deutsche Touristen, denn sie fangen einige Worte auf und werfen irritierte Blicke.

»Vielleicht den Leuten vorführen, was sie sich da eigentlich für Glaubensinhalte vorsetzen lassen? In der christlichen Mystik hat das Wort ›Jungfrau‹ eine ganz unkonkrete Bedeutung: ›Jungfrau‹ ist bei Meister Eckhart ein Mensch, der aller fremden Bilder ledig ist, so ledig wie er war, als er noch nicht war. Das heißt, es geht bei der Geburt Christi ursprünglich um ein Gleichnis, das sich mit all diesen putzigen Weihnachtskrippen und dem Kram geradezu pervers materialisiert hat.«

»Warum soll nicht der, dem es gefällt, seine Freude daran haben?«

»Weil es keine harmlose Sache ist. Seit diese Geschichte zum Glaubensdogma wurde, lastet sie auf Männern und Frauen wie ein Fluch. Haben Sie schon einmal gelesen, was zeitgenössische Philosophinnen von sich geben? Die diskutieren als Erstes das Geschlecht weg und postulieren den Menschen als neutrales Wesen, an dem die Männlichkeit oder Weiblichkeit wie ein Modeaccessoire dranhängt. Und warum? Weil sie sich dafür genieren, ein Geschlecht zu haben. Vom Dogma der unbefleckten Empfängnis Mariens führt der Weg direkt zur Gentechnik.«

»Sie bringen mit Ihrer Kunst ziemlich viele Menschen auf. Können Sie denn noch in Ruhe arbeiten?«

»Ich hab zum Arbeiten eine abgelegene chata, eine kleine Hütte auf der böhmisch-mährischen Höhe. Die Adresse kennt niemand. Kein Telefon, kein Internet. Heute Nachmittag fahre ich wieder hin.«

»Und wohin gehen die Droh- und Schmähbriefe, die Sie angeblich bekommen?«

»Die landen alle bei meinem Galeristen in Berlin.«

»Das heißt, Sie wissen gar nicht, was die Leute Ihnen schreiben?«

»Doch. Meistens steht drin, dass man mich aufhängen sollte.«

»Prosím, panové!« Das Essen wird serviert. »Ještě jedno pivičko?«

Der erste Teil des aufgezeichneten Gesprächs ist zu Ende, und Kaiser schaltet sein Aufnahmegerät ab.

*

Das Foto, das Kaltenbach und Kollerhammer nach längerer Beratung aus dem Video ziehen ließen und zur

Veröffentlichung an die Zeitung gaben, war von einem möglichst nichtssagenden Text begleitet:

»Spaziergänger entdeckten am gestrigen Donnerstag im Nürnberger Süden die Leiche eines Mannes, ca. 180 cm groß, ca. 40 Jahre alt, schlank. Der Tote trug keine Papiere bei sich. Wer kennt oder vermisst einen Mann, auf den diese Beschreibung zutrifft? Sachdienliche Hinweise nimmt jede Nürnberger Polizeidienststelle entgegen ...«

Doch noch bevor das Foto an jenem Vormittag seine Wirkung entfaltet, meldet sich telefonisch ein gewisser Maximilian Bleibinhaus, Pater des Franziskanerklosters Dietfurt, der die Beamten darüber aufklärt, dass es sich bei der Musik um den Choral *Ave maris stella* aus dem *Marienfestkreis* handle, »zu deutsch: ›Meerstern, sei gegrüßt‹. Haben Sie spezielle Fragen dazu?«

»Meerstern? Was hat das zu bedeuten?«

»Dazu müsste ich ein wenig weiter ausholen. Kurz gesagt spielt der Text damit, dass der Name ›Maria‹ zugleich der Plural von ›mare‹ ist, also ›Meer‹, und stellt verschiedene Bezüge her. So wird etwa die Seele Marias als Gefäß gedeutet, das sich der Liebe Gottes öffnet und nicht nur ein Meer der Gnaden empfängt, sondern auch den unendlichen Gott selbst. Und wenn man die Seefahrt als eine Metapher für das Leben versteht, so ist Maria als Meeresstern ein Fixpunkt am Himmel, zu dem man aufblickt, um Orientierung zu bekommen. Wenn ich wüsste, was Sie speziell interessiert, könnte ich Ihnen genauere Auskunft geben.«

»Das ist beim derzeitigen Stand der Dinge schwer zu sagen. Darf ich mir für Rückfragen Ihre Nummer notieren?«

Der Pater gibt sie durch und empfiehlt Kaltenbach, die Worte »Meerstern, sei gegrüßt« einfach in Google einzugeben, dann finde er den gesamten Text auf einer Wikipediaseite.

Kurz nach diesem Gespräch der erste Anruf, der das Foto betrifft. Die Kuratorin des Kunstpalais, Dr. Miriam Auerbach, glaubt den Mann zu erkennen. In ihrer Stimme liegt ein nervöses Vibrato.

»Es kann sein, dass es eine zufällige Ähnlichkeit ist. Aber der Mann auf dem Bild sieht aus wie Jakubec.«

Dem Kaltenbach kommt dieser Name irgendwie bekannt vor.

»Wer ist Jakubec?«

»Der Prager Künstler, der in vierzehn Tagen bei uns ausstellen wird.«

Jetzt hat Kaltenbach sofort das Plakat vor seinem inneren Auge; an einigen Litfaßsäulen hat er es schon gesehen: »Jakubec Skulpturen Installationen Zeichnungen 2003–2013 im Kunstpalais«.

»Aber, wie gesagt«, fährt die Kuratorin fort, »vielleicht ist das alles ein merkwürdiger Zufall, und die Person auf dem Bild sieht ihm einfach nur ungeheuer ähnlich. Trotzdem ... ich habe auch schon mit Herrn Dr. Kempf vom *Tagblatt*-Feuilleton telefoniert, und er meint auch, dass ...«

»Einen Augenblick. Sie sind die Kuratorin der Ausstellung? Haben Sie denn keine Kontaktadresse von Jakubec, um sich Gewissheit zu verschaffen?«

»Nur die von seinem Galeristen in Berlin, Schikowski, und der ist momentan nicht erreichbar.«

»Wie heißt der Galerist? Schikowski, sagen Sie?« Kaltenbach notiert.

Kollerhammer beschäftigt sich unterdessen mit dem Wikipediaeintrag zu Jakubec – *eigentlich Jakob Naštval, *1971 in Bamberg als Sohn tschechischer Exilanten, ist* ein bildender Künstler, der mit seinem Werk immer wieder für Aufsehen sorgt. Seit dem Jahr 2005, als seine Skulptur under the seal of confession, bei der ein kniendes Mädchen im Beichtstuhl an einem Priester die Fellatio vollführt, aus einer Ausstellung in der Galleria Comunale d'Arte Moderna in Bologna nach massiven Protesten zurückgezogen werden musste, sorgt er immer wieder für kontroverse Diskussionen. Seine Inspiration bezieht er, eigenen Angaben zufolge, unter anderem aus dem Werk des Kirchenkritikers Karlheinz Deschner –, und Kaltenbach nimmt den nächsten Anruf entgegen. Auch die Leiterin der Feuilletonredaktion glaubt, eine sehr starke Ähnlichkeit zwischen dem aufgefundenen Toten und dem Künstler zu erkennen.

»Obwohl es eigentlich gar nicht sein kann. Jakubec lebt in Prag. Erst zur Vernissage wollte er nach Nürnberg kommen. Aber die Ähnlichkeit ist einfach unglaublich.«

Zu diesem Zeitpunkt geht der tägliche, fast unmerklich sachte Ruck durchs Internet, der die Datenübertragungsgeschwindigkeiten um eine Kleinigkeit vermindert und signalisiert, dass die amerikanische Ostküste ans Netz geht. Die Meldung mit dem Foto, die aus der Online-Ausgabe der Zeitung kopiert und zigfach auf Facebook geteilt wurde, verbreitet und vervielfacht sich nach Übersee, erreicht Museen, Sammler und Journalisten und sorgt dafür, dass in der Berliner Galerie den ganzen Freitagnachmittag lang das Telefon nicht mehr stillsteht.

*

Der Mann in Grau durchquert gerade zum wiederholten Male die Nürnberger Altstadt in Ost-West-Richtung, als plötzlich Tumult entsteht, keine hundert Meter vor ihm. Ein Mann hält einen anderen fest, beschimpft ihn, Leute bleiben stehen, sehen sich um.

»Du Sau! Ich ruf die Polizei!«

Der Graue nähert sich, als hätte er Witterung aufgenommen.

»Was ist denn los?«

»Schauen Sie sich das an! Stellt sich der Penner einfach hin und pisst meinen Wagen an!«

Der Wagen ist ein dunkelblauer 7er BMW.

»Irgendwas beschädigt?«

»Nee, das nicht – aber ich ruf jetzt die Polizei! Wenn man da nichts macht, pinkelt einem irgendwann jeder ans Auto.«

»Lassen Sie.« Der Graue zieht einen Geldschein aus der Börse. »Lassen Sie den Mann. Hier, das sollte für die Waschanlage reichen.«

Der BMW-Besitzer taxiert ihn kurz ab, erkennt in ihm einen ebenbürtigen Gegner. In einem anderen Jahrhundert wären sie Lehnsherren gewesen, die über einen Leibeigenen verhandeln.

»Behalten Sie Ihr Geld. Aber wenn mir dieser Typ noch einmal über den Weg läuft ...«

Der Satz bleibt unvollendet, die Autotür wird zugeschlagen, der Motor heult auf, und der Mann in Grau wendet sich zum ersten Mal an den Penner, der schwankend an einer Hauswand steht.

»Und du kommst jetzt mit. Kriegst ein Quartier und was Neues zum Anziehen.«

Man muss auf dem Weg zur Reinheit viel Schmutz auf sich nehmen, denkt er, als sie in seinem Wagen sitzen und ihm vom Geruch, den der Obdachlose verströmt, fast übel wird. Er legt eine CD ein und lässt die Stimmen von einem Dutzend Mönchen erklingen:

»Virgo singularis / inter omnes mitis / nos culpis solutos / mites fac et castos ...«

Nur der Himmel weiß, dass beide Männer schon einmal am selben Ort gewesen sind, ohne sich zu begegnen.

*

Der Galerist Raimund Schikowski in Berlin-Charlottenburg ist ein agiler Endfünfziger mit kahl geschorenem Schädel, dessen schreiend rotes Hemd jedem, der ihn länger als eine halbe Minute ansieht, Augenschmerzen macht. Auf seinem Schreibtisch stapeln sich Briefe, mit Gummibändern zu Bündeln zusammengefasst.

»Ist es denn sicher, dass es sich bei dem aufgefundenen Toten wirklich um Jakubec handelt?«

»Das fragen Sie uns? Haben Sie denn nicht versucht ihn zu erreichen?«

»In Prag ist er jedenfalls nicht, und wenn er dort nicht ist, kann man's normalerweise vergessen. – Wissen Sie«, fährt er unvermittelt fort, »es gab für uns keinen Anlass, die Drohungen ernst zu nehmen«, dabei wirkt er unbeeindruckt von den finsteren Mienen der Kripobeamten, die dreinsehen, als würden sie am liebsten den Nächstbesten verhaften, der ihnen über den Weg läuft. Kaltenbach fliegt nicht gern, um es gelinde auszudrücken, und Kollerhammer hatte seiner Freundin beibringen müssen, dass der geplante Wochenendausflug wegen dringlicher Ermittlungen ausfallen muss.

»Erstens regt sich ein Teil des Publikums ja schon auf, wenn auf einem Bild nichts Gegenständliches erkennbar ist. Und zweitens ist auch ein Olaf Metzel schließlich noch am Leben, obwohl man ihm per Briefpost die Gaskammer angedroht hat. Und andere schöne Dinge.«

»Metzel ... was für ein Metzel ...?« Kaltenbachs Tonfall ist mehr als gereizt.

»Die Installation zur Fußball-WM«, hilft ihm der Galerist auf die Sprünge. »In Nürnberg vielleicht eher als ›Schändung des Schönen Brunnens‹ im kollektiven Gedächtnis geblieben.«

»Trotzdem werden wir natürlich das Material zur Auswertung mitnehmen müssen.«

»Kein Problem. Aber glauben Sie mir, solche Leute werden nicht handgreiflich. Die reagieren sich mit einem Brief ab, und das war's dann. Apropos Auswertung: Ich hab da noch was, das Sie interessieren könnte. Jakubec hat nämlich die Briefe auf seine Art ausgewertet, wenn Sie so wollen.«

Schikowski legt eine DVD ein und drückt auf Play, und kurze Zeit später glauben die Beamten, ihren Augen nicht trauen zu können. Sie sehen auf dem Flachbildschirm einen Mann mit Ziegenbart, vom Hut bis zu den Schuhen in Beigetönen gekleidet, der auf eine Leiter steigt, den Kopf durch eine Schlinge steckt, die Leiter mit den Füßen wegstößt. Das Schild mit der »1«, das er sich mit beiden Händen vor die Brust gehalten hat, entgleitet ihm und fällt zu Boden. Dann eine neue Szenerie. Derselbe Mann, diesmal mit einer »2«, die er demonstrativ vor sich hinhält, begibt sich zu einer Guillotine, legt sich in Position und schneidet mit einer Schere das Seil durch, um das Fallbeil hinuntersausen zu lassen. Im nächsten Augenblick ist das Bild blutrot gesprenkelt. Nächste Szene. Der Mann trägt eine »3« und wird mit verbundenen Augen zu einem Schießstand geführt. Insgesamt werden sieben Hinrichtungen zelebriert.

»Die Videoinstallation hat den Titel *as you like it*«, kommentiert Schikowski. »Lief vor zwei Jahren in der Prager Galerie ›Jiří Švestka‹, die übrigens auch hier in Berlin niedergelassen ist. Jakubec hat dafür alle bis dahin eingegangenen Briefe ausgewertet und die sieben häufigsten Todesarten, die ihm das Publikum androht, inszeniert. Liefen auf sieben Monitoren gleichzeitig. Ein großartiges Dokument zur Stellung des Künstlers in der Gesellschaft.«

Das Telefon klingelt. Schikowski bittet, ihn zu entschuldigen, und führt ein längeres Gespräch auf Englisch, dem zu entnehmen ist, dass ein Mensch am anderen Ende der Leitung intensives Interesse daran zeigt, einen Zyklus Zeichnungen aus dem Frühwerk von Jakubec zu erwerben. Als er aufgelegt hat, sagt Kollerhammer: »Wir brauchen unbedingt eine Liste Ihrer Künstler sowie aller Kunden, die jemals bei Ihnen ein Werk erworben haben. Und zwar eine Liste ›to go‹, wenn Sie verstehen, was ich meine.«

*

Am Sonntag geht bei der Polizei in Nürnberg der Anruf eines gewissen Stephan Kaiser ein, Journalist von *artreport*: Der aufgefundene Tote, der als »Jakubec« durchs Internet spuke, müsse jemand anders sein. Er habe eine Zeugenaussage zu machen.

»Warum sind Sie sich so sicher?«, fragt Kaltenbach, als er ihn zurückruft.

»Ich habe ihn am Freitag in Prag interviewt.«

»Und woher wissen Sie, dass er es wirklich war?«

Er rechnet in diesem Fall mittlerweile mit allem. Kaiser räumt ein, dass er Jakubec tatsächlich noch nie persönlich getroffen habe, und bietet an, das aufgezeichnete Interview als MP3 zu schicken.

»Dann können Ihre Experten einen Stimmenvergleich machen. Auf YouTube werden Sie eine Reihe weiterer Interviews aus den letzten Jahren finden.«

Kollerhammer ist unterdessen im Netz unterwegs und stößt in einem amerikanischen Kunstforum auf eine lebhafte Diskussion, die bereits am Tag zuvor in Gang gekommen ist. Die meisten scheinen sich darüber einig, dass das Video ein Fake ist; andere meinen, dass Jakubec, an einer unheilbaren Krankheit leidend, seinen Suizid dokumentiert und sich mit der Botschaft »I'm the number one« aus der Welt verabschiedet habe; wieder andere, dass irgendein Irrer damit begonnen habe, provokante Künstler aus dem Weg zu räumen, und wenn Jakubec' *as you like it* als Vorbild diene, müsse demnächst irgendwo ein Enthaupteter zu finden sein. Irritiert klickt Kollerhammer den Link an, der im ersten Posting platziert wurde und zur Webseite www.artofjakubec.cz führt, wo genau dasjenige Video zu sehen ist, das der Kollege von der Datenforensik sichergestellt hat. »Wer, zum Henker, hat das Video online gestellt«, brüllt er, »und wie konnte da überhaupt jemand rankommen?«

*

Der Himmel ist launisch an jenem Montagmorgen. Erst hat er die Welt mit Regen überschüttet, und jetzt holt er tief Luft, um mit gewaltigen Atemstößen die Wolkendecke zu zerreißen.

Der Mann auf dem Beifahrersitz weiß nicht, wohin die Reise geht. Die sakralen Gesänge, die vom CD-Player kommen, klingen ihm wie Botschaften von Trauer, Tod und Beerdigung im Ohr und beschwören in ihm das Bild eines Erhängten herauf.

»Wohin fahren wir denn?«

»Hab ich dir doch schon gesagt. Raus aufs Land.«

Der Wagen nähert sich einer Kreuzung, die soeben von einem Lastwagen überquert wird.

»Ich pack das nicht mehr! Halt an! Ich will raus!«

Einen Augenblick später wird ihm der Wunsch mit einem gewaltigen Krachen erfüllt, und ein weiteres Bild wird ihn für den Rest seines Lebens begleiten, das Bild eines geköpften Mannes.

Später wird von einer Verkettung unglücklicher Umstände die Rede sein, von dem Mädchen, das unachtsam über die Straße lief und den Fahrer des Lkw zu einer Vollbremsung zwang, von der regennassen Fahrbahn und vom Sonnenlicht, das sie zum Glänzen brachte, von den Stahlträgern, die das Heck des Lastwagens überragten und von dem unglaublichen Glück im Unglück, das der Beifahrer hatte, indem der Wagen dergestalt auf den Lastwagen prallte, dass der Stahlträger nur den Fahrer erwischte.

*

Im ersten Moment glaubt Kollerhammer zu halluzinieren, glaubt sich bis nach Hause verfolgt von dem Fall, der ihn unter anderem ein freies Wochenende gekostet hat, ohne dass die Ermittlungen wesentliche Fortschritte gemacht hätten. Sicher scheint bislang nur eines: Der

Tote aus der Fabrikhalle ist nicht Jakubec. Die Stimme auf der MP3-Datei des Interviews, das der Kunstjournalist ihnen gesandt hatte, hat sich als Jakubec' erwiesen, wie sie auf YouTube-Videos zu hören war, und anhand der Radionachrichten im Hintergrund ließ sich mithilfe eines Dolmetschers bestätigen, dass das Interview tatsächlich zur angegebenen Zeit stattgefunden hatte. Auch liegt mittlerweile eine Nachricht der Kollegen aus Tschechien vor, die besagt, dass man Jakubec in seinem Refugium angetroffen habe und dieser unter anderem aussagte, nicht die mindeste Ahnung zu haben, wie das Video auf seine Webseite gelangt sei. Es gibt nach wie vor keinen Hinweis auf die wahre Identität des Toten; und die Sichtung der Drohbriefe hat bislang zu nichts Brauchbarem geführt.

Und jetzt steht Kollerhammer in der Wohnung, die er sich mit seiner Lebensgefährtin teilt, starrt die Gegenstände an, die im Wohnzimmer auf dem Sideboard liegen, und fühlt sich wie besoffen. Er starrt auf einen Laptop, eine Kamera, einen cremefarbenen Leinenanzug, ein weißes Hemd, ein Paar weiße Herrenhalbschuhe, einen Strohhut, diverse Schminkutensilien und ein Pappschild mit der Ziffer »2«.

»Wo kommt das her?« Er kann nicht verhindern, dass seine Stimme fast zu Geschrei entgleist, obwohl er weiß, dass seine Freundin gerade etwas dünnhäutig ist. Am Montag hat sie die Nachricht vom Unfalltod ihres Bruders erhalten, von dessen Existenz Kollerhammer bei der Gelegenheit zum ersten Mal erfuhr. Sie hätten seit vielen Jahren, seit ihr Bruder sich einer Sekte angeschlossen habe, nichts mehr miteinander zu tun, hatte die Erklärung gelautet.

»Die Sachen hat ein Kollege von dir vorbeigebracht.«

»Bitte?!«

»Das hat man alles bei meinem Bruder im Kofferraum gefunden. Was ist denn damit? Sind die Sachen wohl geklaut?«

*

Kurz vor der Vernissage im Kunstpalais geht Jakubec mit der Kuratorin Dr. Auerbach von Bild zu Bild, von Objekt zu Objekt. Eine andere Besichtigung hat er bereits hinter sich: Er hat sich die Guillotine zeigen lassen, die vor einigen Tagen in einem Waldstück bei Brunn gefunden wurde, ihr Bauplan wiederum im Bungalow des Unfallopfers, nebst Schriften einer fundamentalchristlichen Sekte, die sich »Neutempler« nennt.

Bei einer Zeichnung aus dem Zyklus *Marian apparition* hält er kurz inne. »Sieht nicht ganz gerade aus«, sagt er und will nach dem Bild greifen. Dr. Auerbach stoppt ihn und winkt einen Angestellten her. »Entschuldigen Sie. Nur das Personal berührt die Bilder. Die Versicherung will es so.« Und fügt nach kurzer Pause hinzu: »Künstler dürfen nicht alles.«

Die Autoren

Friedrich Ani, geboren 1959, lebt in München. Er schreibt Romane, Gedichte, Jugendbücher, Hörspiele und Drehbücher. Seine Romane wurden in mehrere Sprachen übersetzt und vielfach prämiert. Er erhielt fünf Mal den Deutschen Krimipreis, und für sein Drehbuch *Süden und der Luftgitarrist* den Adolf-Grimme-Preis. Sein Roman *Süden* stand wochenlang auf Platz 1 der Krimi-*ZEIT*-Bestenliste und wurde mit dem Deutschen Krimipreis, dem Stuttgarter Krimipreis und dem Burgdorfer Krimipreis der Schweiz für den besten deutschsprachigen Kriminalroman des Jahres ausgezeichnet. 2012 erhielt Ani den Bayerischen Fernsehpreis für das Drehbuch *Das unsichtbare Mädchen*. Friedrich Ani ist Mitglied des Internationalen PEN-Clubs. Im September 2013 erschien sein KrimiSnack *Die böse Farbe* im *ars vivendi verlag*. www.friedrich-ani.de ; www.droemer-knaur.de

Veit Bronnenmeyer, 1973 in Kulmbach geboren und in Lauf aufgewachsen, absolvierte eine Ausbildung zum Schreiner und studierte Soziale Arbeit in Bamberg. Derzeit ist er als Projektmanager im Schul- und Bildungsreferat der Stadt Fürth tätig und schreibt regelmäßig für die *Fürther Freiheit*, eine literarische Rubrik der *Fürther Nachrichten*. 2009 erhielt der Autor den Agatha-Christie-Krimipreis für seinen Kurzkrimi *Eigenbemühungen*. Im *ars vivendi verlag* erschienen bisher seine Kriminalromane *Russische Seelen* (2005), *Zerfall* (2007), *Stadtgrenze* (2009) und *Gesünder sterben* (2012) um das Ermittlerduo Albach und Müller.
www.veit-bronnenmeyer.de

Angela Eßer wurde in Krefeld geboren, studierte Thea-
terwissenschaft und war am Theater tätig. Sie ist Organi-
satorin von Krimifestivals, Autorin diverser Kurzkrimis
sowie Herausgeberin von Krimianthologien. Mit ihrer
Kurzgeschichte *6 Uhr 23 – Guten Morgen, München* war
sie für den renommierten Friedrich-Glauser-Preis nominiert. Angela Eßer ist Mitglied im SYNDIKAT, für das
sie auch sieben Jahre als Sprecherin fungierte. 2012 war
sie Herausgeberin der kulinarischen Krimianthologie
Mordsappetit. Für das Jahr 2014 erscheint bei *ars vivendi*
der ebenfalls von ihr herausgegebene *Krimi-Kalender*.
www.angelaesser.de

Nina George, geboren 1973 in Bielefeld, ist Schriftstelle-
rin, Journalistin und Restauranttesterin. Sie schreibt Kri-
mis, Romane (zuletzt *Das Lavendelzimmer*), Sachbücher,
literarische Reiseführer (*Verliebt in Hamburg: Ein Stadtver-
führer*) und Erzählungen. Ihre Kurzgeschichte *Das Spiel
ihres Lebens* gewann 2012 den renommierten Friedrich-
Glauser-Preis. George arbeitet seit 1992 als freie Reporte-
rin für Zeitschriften und Zeitungen, wie zum Beispiel für
das *Hamburger Abendblatt*.
www.ninageorge.de

Norbert Horst wurde 1956 in Bad Oeynhausen geboren. Nach der Schule trat er in den Dienst der Polizei
NRW und arbeitete hier in unterschiedlichen Bereichen,
auch in zahlreichen Mord- und Ermittlungskommissio-
nen und der Wirtschaftskriminalität. Nach langen Jahren
als Verhaltenstrainer in Münster ist er heute im Bereich
Öffentlichkeitsarbeit/Presse bei der Polizei in Bielefeld
tätig. Er lebt mit seiner Familie in Ostwestfalen. Nach

ersten Songtexten in den Siebzigern und verschiedenen Veröffentlichungen in Anthologien erhielt der erste Roman *Leichensache* 2004 den Friedrich-Glauser-Preis in der Sparte Debüt und *Todesmuster* 2006 den Deutschen Krimipreis.
www.norbert-horst.de

Thomas Kastura, geboren 1966, lebt mit seiner Frau und seinen beiden Töchtern in Bamberg, studierte Germanistik und Geschichte und arbeitet heute als Autor für den Bayerischen Rundfunk. Seit 1998 veröffentlichte er zahlreiche Erzählungen, Jugendbücher und Kriminalromane. Bei *ars vivendi* fungierte er außerdem 2012 als Herausgeber der Krimianthologie *Tatort Garten*. Im Herbst 2012 erschien der Sammelband *Drei Morde zu wenig* mit seinen Brandeisen & Küps-Geschichten. Für das Frühjahr 2014 ist eine Anthologie mit Shakespeare-Krimis geplant.
www.thomaskastura.de

Stefan Kiesbye wurde an der deutschen Ostseeküste geboren und zog später nach Berlin. Er studierte Schauspiel und arbeitete beim Rundfunk, bevor er sich für Amerikanistik, Englisch und Vergleichende Literaturwissenschaften an der FU einschrieb. Ein DAAD-Stipendium führte ihn 1996 in die USA. Im Jahre 2001 erhielt er den Master of Fine Arts in Creative Writing von der University of Michigan, und 2004 wurde ihm für *Next Door Lived a Girl* der Low Fidelity Press Novella Award verliehen. Seine Romane sind mehrfach übersetzt worden. Er unterrichtet Creative Writing an der Eastern New Mexico University. www.stefankiesbye.com

Christian Klier, 1970 in Nürnberg geboren, lebte an verschiedenen Orten in Deutschland und in Frankreich. Er veröffentlichte zahlreiche Romane und Kurzgeschichten. Nach einem Sprachenstudium ist er heute als freier Autor in Nürnberg tätig. Im November 2013 erscheint sein neuer Kriminalroman *Das ganze Jahr November* im *ars vivendi verlag.*
www.christian-klier.de

Tessa Korber studierte Literatur und Geschichte, ist freie Autorin und wurde mit ihren historischen Romanen bekannt. Bei *ars vivendi* erschienen bisher der Band *Das Leben ist mörderisch* mit zehn Kurzkrimis (2010) sowie ihr historischer Kriminalroman *Todesfalter* um Maria Sibylla Merian (2011). Im Mai 2013 veröffentlichte sie den schwarzhumorigen Krimi *Die Saubermänner* und im September 2013 fungiert sie als Herausgeberin der Katzenkrimianthologie *Auf leisen Pfoten kommt der Tod.* Tessa Korber ist Trägerin des Forchheimer Kulturpreises 2010.
www.tessa-korber.de

Petra Nacke stammt aus Norddeutschland. Sie studierte Theater- und Literaturwissenschaft in Erlangen. In München absolvierte sie eine Ausbildung in Schauspiel, Gesang und Tanz. Heute lebt sie als freie Autorin, Sprecherin und Sängerin in Nürnberg. Seit 1997 ist sie feste freie Mitarbeiterin des Bayerischen Rundfunks. Gemeinsam mit Elmar Tannert veröffentlichte sie bei *ars vivendi* 2008 *Rache, Engel!,* 2010 *Blaulicht* sowie 2012 *Der Mittagsmörder.*
www.petra-nacke.de

Jörg Steinleitner, 1971 im Allgäu geboren, studierte Jura, Germanistik, Geschichte und Journalismus in München, Augsburg und Krems/Wien. 2002 ließ er sich nach Stationen in Peking und Paris als Anwalt in München nieder. Er veröffentlichte mehrere Bücher, darunter seine populären Alpenkrimis um die Polizistin Anne Loop. Steinleitner lebt und arbeitet in München sowie am Riegesee im Blauen Land. Im Oktober 2013 erscheint sein KrimiSnack *Der Fall Augustin Stiller* bei *ars vivendi*. www.steinleitner.com

Elmar Tannert, 1964 in München geboren, absolvierte ein Studium der Musikwissenschaft und Romanistik. Von 1991 bis 2003 war er in verschiedenen Berufen tätig, beispielsweise als Datentypist, Zeitungsverkäufer, Postbote und Tankwart. Ab 1994 erfolgten erste Veröffentlichungen seiner Kurzgeschichten. Seit 2003 arbeitet er als freier Schriftsteller sowie unter anderem beim Bayerischen Rundfunk und der *Abendzeitung Nürnberg*. 1999 erhielt er den Kulturförderpreis der Stadt Nürnberg wie auch des Freistaats Bayern und 2001 den Kulturförderpreis des Bezirks Mittelfranken. Bei *ars vivendi* erschienen von ihm *Der Stadtvermesser* (1998), *Keine Nacht, kein Ort* (2002), *Ausgeliefert* (2005) und die gemeinsam mit Petra Nacke verfassten Romane *Rache, Engel!* (2008), *Blaulicht* (2010) sowie *Der Mittagsmörder* (2012). 2012 wurde er für die Geschichte *Unter dem Apfelbaum* aus der Anthologie *Tatort Garten* für den Friedrich-Glauser-Preis nominiert.
www.elmar-tannert.de